La Fea Burguesía
— EDICIONES —

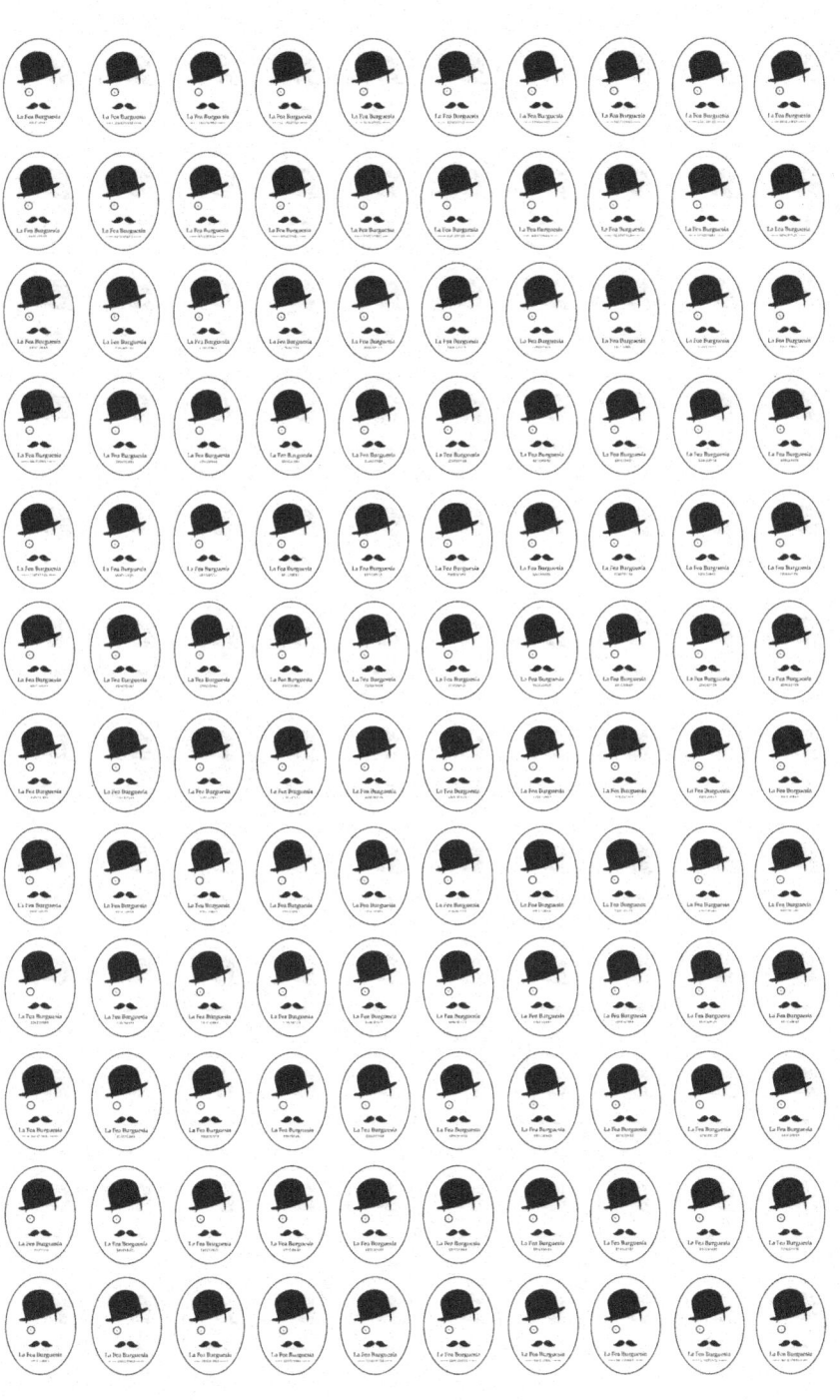

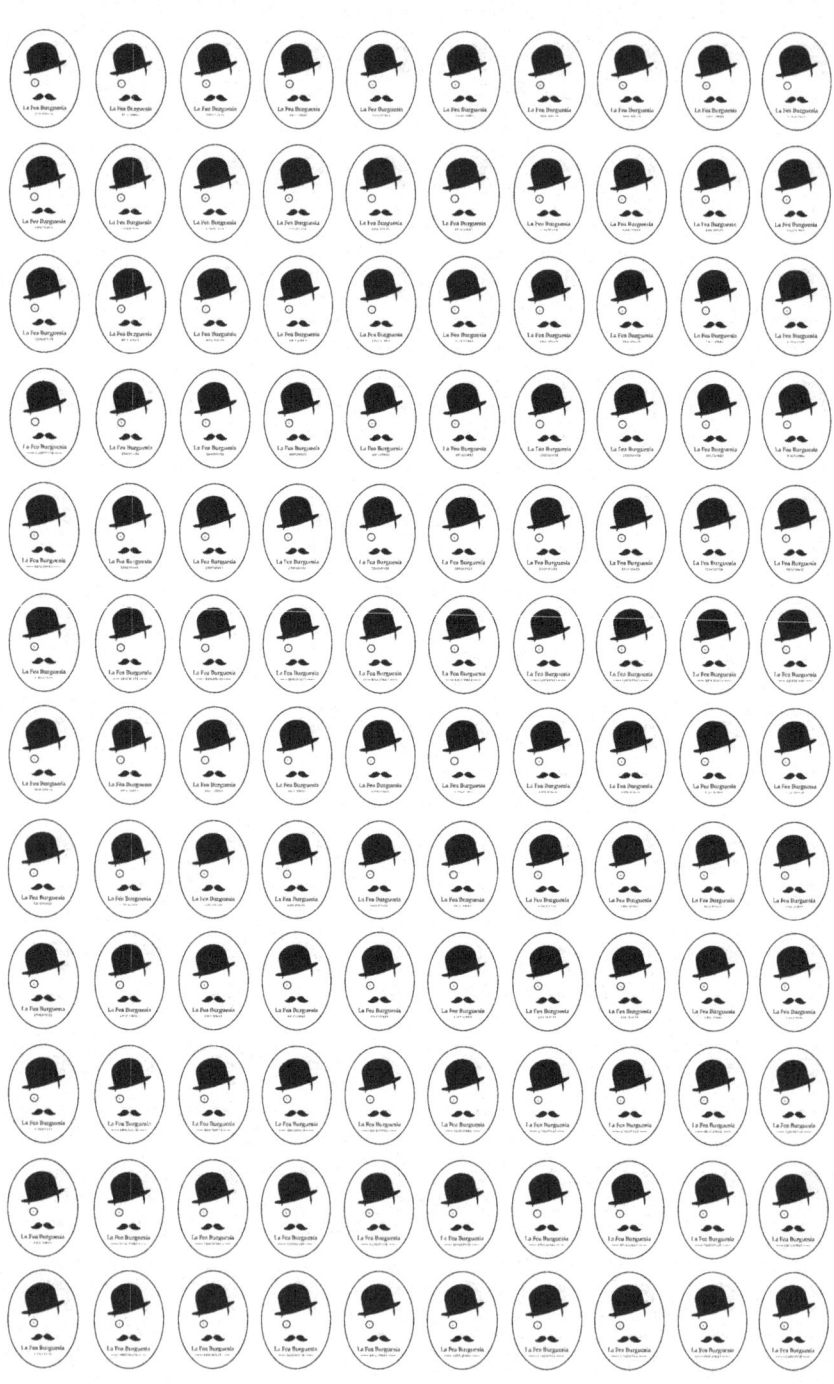

VARIOS AUTORES

Ana Verdú
José A. Jiménez-Barbero
Rosario Guarino
Toni Solano
Antonio Parra Sanz
Zaida S. Terrer
Engracia Sigüenza Pacheco
Lola Rontano
Ana Fructuoso

Natxo Vidal
Manuel García
Basilio Pujante
Giulia Conte
Salva Robles
Encarnación Carrillo
Pedro Pujante
Ramona López
Pedro Casamayor

J–AULA

Edición coordinada por **Zaida Sánchez Terrer**

Prólogo de **Juan Sáez Carreras**

Ilustraciones de **Ana Belén López** (DommCobb)

La Fea Burguesía
— EDICIONES —

MURCIA, 2025

La editorial es consciente de la necesidad
de los recursos naturales para consumir cultura
y de la colaboración en la conservación del medio ambiente.
Así pues, por la impresión de este libro,
ha plantado un olivo (*Olea europaea*) en el paraje
de El Horno en Cieza (Murcia)

«J–Aula»
© de los textos, sus autores, 2025
© La Fea Burguesía Ediciones, 2025
Grupo Editorial Tres y Libros, SL
Murcia, España.
www.lafeaburguesia.es

Diseño cubierta y maquetación: Fernando Fernández Villa
Ilustración cubierta: Malika Favre
Ilustraciones interior: Ana Belén López (DommCobb)

Primera edición: septiembre de 2025

ISBN: 979 13 990769 1 2
Depósito legal: MU 1139-2025

Printed in Spain - Impreso en España

Índice

A quienes habitan las aulas

PRÓLOGO

«Todo pasa entonces entre nosotros:
este «*entre*», como su nombre indica,
no tiene consistencia propia ni continuidad.
No conduce de uno a otro, no sirve de tejido,
ni de cimiento, ni de puente.
Quizás ni siquiera sea exacto
hablar de *vínculo* al respecto...»
(Jean— Luc Nancy).

LAS INSTITUCIONES DE ENSEÑANZA COMO ESCENARIOS RELACIONALES

Se ha formalizado con frecuencia, y sobre ello se ha escrito ampliamente, que la escuela es el lugar privilegiado donde se llevan a cabo los procesos de educación y aprendizaje en las instituciones formativas, sea cual sea el nivel de enseñanza en los que estos se materialicen. Es de dominio público, y a nadie extraña, que la identificación de términos como colegio, aula y clase sea predominante en nuestra cultura, dada la rotundidad con la que esta asociación se acepta desde tiempos ha. Este elemental supuesto se encuentra en la base del proyecto literario que el lector tiene ante sus ojos. No requiere mucho esfuerzo reconocer y afirmar que las instituciones educativas se dedican a enseñar; pero es oportuno apuntar que también en ellas suceden otras cosas, como han demostrado los estudiosos de «la vida en las aulas».

Sabedora como es, pues en ella habita, de la geografía profesional dedicada al conocer y al transmitir con finalidades muy diversas, Zaida Sánchez Terrer, la coordinadora de este libro de relatos, no ha cesado de interrogarse, como todos los interesados, sobre lo que pasa en las escuelas, institutos y universidades, sobre lo que acontece en sus aulas. De mis conversaciones con ella surgen fructíferas preguntas: ¿acaso en los centros educativos no se lleva a cabo otra acción humana que la de enseñar y aprender?, ¿la de implicarse en las actividades que comportan dichos fines o vivirlas pasivamente sin más ánimo que dejar las horas transcurrir en aras de dar juego al aburrimiento y oportunidad a la pereza? o ¿en fin, a que la mente se sacie con otros intereses e intenciones? Sabemos ya, debido a la rica información obtenida sobre la vida en los centros, que una de las traducciones o imágenes de la escuela, hoy, es entenderla como una realidad nucleada por la diversidad, vitalizada por toda una serie de personas que por naturaleza —en el lenguaje filosófico se apelaría a la expresión «por su ontología»— afirman su «ser humano» basado en la diferencia. Es reincidir en ello porque lo hemos leído y pensado múltiples veces: «el hecho de existir señala la diferencia y la reivindica fecundando la diversidad que muestra la vida sobre la tierra». Asunto que no todo el mundo comprende y menos aún comparte —error grave de nuestra cultura y de los que tienen la responsabilidad de que con ella se construya vínculo frente a la fragmentación imperante—, siendo la causa de enfrentamientos de distinta índole, con un expresivo denominador común: que un buen número de estos conflictos han sido provocados por quienes han rechazado y rechazan, consciente o inconscientemente, fruto del entendido o del ignorante, la idea de diversidad.

Este argumento es otro de los presupuestos que sustentan las columnas del edificio literario propiciado por J–Aula: en la escuela, atravesada por la diferencia y dinamizada por la diversidad, confluyen caracteres que son causa de conflictos y lo son porque algunos de los que los diseñan, alientan y ejecutan se manifiestan, a veces y en determinadas situaciones, reacios a otras diferencias que no sea la suya, a otra diversidad que no haya sido aceptada y legitimada por quienes tienen poderes para imponerla o, llegado el caso, reprimirla. Basta elevar la mirada a lo que está sucediendo en otras partes de nuestro planeta para comprobar lo que en estas líneas se afirma. Se crea o no, esta es una cuestión de decisión tan política como cultural y humana.

EL AULA, ESPACIO DE ENCUENTROS Y DESENCUENTROS RELACIONALES

Al hilo de lo expresado en el apartado anterior, el aula es un espacio físico, y desde luego simbólico, de reflexión, de intercambios y de experiencias así como de invención y construcción, pero también —y este «también» no es un adverbio banal— de encuentros y desencuentros de diversa índole y naturaleza, donde se (re)crean amistades y se ponen a prueba, se manifiestan conflictos y se toman decisiones, un espacio en el que surgen colectivos al hilo de intereses personales y grupales vinculados a problemas no necesariamente académicos o escolares. Los relatos de este libro hablan de ello. J–Aula se ha construido en esta dirección, en aquella que tiene poco que ver, o mucho según se enfoque, con la pasión por el aprendizaje. Una dirección en la que el aula deja de ser pensada como un lugar estable, armónico y sereno donde no cabe el conflicto y el enfrentamiento, para pasar a ser considerada un gran escenario en el que sus protagonistas juegan, por decirlo sutilmente, no siempre teniendo las mismas cartas ni idénticas metas e intenciones. Un escenario donde se materializa, como estructura relacional, el «entre» de las interacciones, aquello que pasa entre el profesorado y el alumnado, y entre este y sus familiares o cualquier figura del medio físico y social que se vea convocado, imperativamente o no, a vincularse con la institución educativa. Cada vez se hace más patente la tiranía que, en el ámbito de las diferentes ciencias humanas, jurídicas y sociales entre otras, ha impuesto el verbo ser —Nietzsche no se equivocaba— y las consecuencias que su abuso ha provocado en todos los órdenes de la existencia: nacionalismo, racismo, xenofobia, homofobia, pobreza, intolerancia en la geografía religiosa, género... Categorías con frecuencia interpretadas perversamente (ya que prescinden de la noción de diferencia) y contribuyen a encender el mundo, y es en el mundo —excusas solícitas ante tanta elementalidad— donde igualmente habitan las escuelas, donde se recrea el modo aula de convivir y de ser juntos. Desconocemos experiencias literarias que muestren el potencial que encierra un verbo tan intransitivo como es el verbo estar, pero nos parece mucho más bello y humano que el verbo ser.

Puede pensarse, con todo derecho, que el párrafo anterior es tan filosófico como innecesario, pero estoy en condiciones de aconsejar que no se rechace tan rápidamente lo acabado de exponer; y cuando se acabe de leer el libro, es aún más pertinente volver a ello porque de seguro, además de confirmar las potentes relaciones que existen entre filosofía y literatura, se podrá apreciar, quizás de modo más justo, el ambicioso plan emprendido por esta obra. Al terminar de leer los dieciocho relatos de J–Aula es fácil percatarse del espíritu en el que se mueve y se vitaliza este seductor proyecto. Y es que el aula es un espacio relacional cuyos muros se construyen más allá de las clases y de las escuelas en su versión física, convocando a familiares, amigos, personas —directa o indirectamente relacionadas con ellas—, sin olvidar a otros profesionales, conformando todo ello un entorno tan amplio como complejo, difícil de precisar. Pero sobre todo, las aulas se configuran como pulmones vitales donde se muestra buena parte de lo mejor de los seres humanos, y no se oculta —quizás porque, hoy, hay menos posibilidades de hacerlo: basta pensar sólo en las redes sociales— lo que de intolerancia y sinrazón, con sigilosa frecuencia, secretamente a voces, puede desencadenarse entre sus paredes. Agresores de colores ideológicos varios y actitudes ominosas, por puro placer o «enfadados» con el mundo, y posiblemente con ellos mismos, surgen «de» y «en» ellas, en ese «entre» relacional de los «tú» y los» yoes», coexistiendo en ese espacio y haciendo daño en él. Y es en ese abordaje conflictual donde se juega la diversidad y se entienden los equívocos significados que se le asigna a tan notable y noble sustantivo, con las nefastas e indeseables consecuencias que acontecen en las instituciones de enseñanza cuando se trata de apoyar o de reconocer al diverso o, lo que es lo mismo, al diferente. Esta es la idea que, a mi juicio, impregna este libro, y he aquí la razón —la propia del que está acostumbrado a la fundamentación— de darle su oportunidad a los párrafos anteriores: han tratado de actuar como frente de mayor comprensión y cobertura de los textos que se encuentran tras la presentación. Es algo así como decirle al lector: no creas que con la ficción solo busco entretenerte, además quiero darte razones para que halles en los relatos aquello que te hará comprenderlos aún mejor.

J–AULA COMO PROYECTO LITERARIO

De ahí el título, tal es mi particular lectura y ahora puede comprenderse mejor «Jaula», una palabra de sentido explícito y utilización metafórica para dar cuenta de que en el universo escolar del aula suceden acontecimientos deseables, fruto de los «con» que vincula a la gente en los «entre» de la dinámica relacional (el potencial de nuestras preposiciones está por explorar), pero también indeseables, funestos, fatídicos en muchos casos, dañando para siempre los cuerpos o las mentes de aquellos que se enfrentarán a sus presentes y futuras relaciones cargados de amargura, humillación y soledad angustiante. El acoso, la amenaza, el miedo, la ofensa y la burla, la vejación y la afrenta, sea cual sea el modo en que se ejerzan, llegan a ser una mancha en el paisaje social que se hace intolerable. Al lanzar este proyectil literario hacia adelante, sigamos con la metáfora, los relatos se colocan en la posición de los humillados, de los agredidos sin justificación para los que la escuela puede ser un tipo de encerramiento opresivo del que, para ellos, más vale huir y negar. Este libro es un reconocimiento a la diversidad y se decanta por dar razón de aquellos que son perseguidos por serlo y de las tensas situaciones en las que se hallan por portar la etiqueta de diferentes. Se quiere, de este modo, que las voces de cada relato reivindiquen la efectiva complejidad de lo real mostrando que los temas alrededor del acoso, la exclusión o la inclusión, el fracaso y el dolor, la amargura y el desarraigo, no pertenecen exclusivamente al ámbito del discurso, ya que la ficción, como anda demostrado, tiene un inmenso poder constructor de subjetividad que la teoría, aunque lo pretenda, no tiene. En el aula, en esta «jaula» de muros distantes difíciles de medir —cuantitativa y cualitativamente— y donde la libertad debiera ajustarse a normas de convivencia, de colaboración y participación consensuada, algunos de sus miembros sufrirán, dentro o fuera (el acoso en el aula lleva a extenderse en ciber—acoso en la casa), a partir de las acciones de determinados protagonistas, los embates de la presión: violencia dirigida y ejecutada, directa o indirectamente, por un grupo o individuo que, utilizando los recursos que cree pertinente para llevar a cabo su tarea, no atiende a más juicio que el de confirmar su deseo acosador. No en vano, para la persona golpeada, el aula se convierte en esa jaula asfixiante, carente de respiración y de movimiento, cuya dinámica es entendida en continuidad amenazante. Es la otra cara de la jaula, aquella otra realidad menos conocida pero ya renuente a ser disfrazada.

En J—Aula, como nos cuentan los relatos, sus varios entornos y superficies, tales como los cuartos de baño, las duchas, los campos de deporte, el recreo, las bibliotecas, los laboratorios etc., pueden convertirse en escenarios de acoso golpeando a la diversidad. El recreo, más que la clase, es «una jungla», así se pronuncia una de las protagonistas en uno de los relatos del libro; y en otro se afirma, textualmente, que «una jungla puede ser cualquier lugar. Hasta un aula». Los datos hacen pensar.

LOS RELATOS Y LA DIVERSIDAD COMO MÉDULA ESPINAL DEL LIBRO

Estas y similares candentes cuestiones, fruto del diálogo fecundo con quienes comparte inquietudes, inspiran a la coordinadora del proyecto a proponer a un grupo de escritores y escritoras, casi todos docentes, ser partícipes de un libro de relatos, en clave ficcional, en el que cada cual use sus palabras (ellas que son imágenes que nos permiten relatar e imaginar) para contar algunos de esos temas urgentes que tienen que ver con sus respectivas experiencias personales y/o profesionales, vividas, escuchadas o imaginadas; «vidas relatadas» que, al fin y al cabo, son otra manera de experimentar el mundo. Relatos cortos, a modo de fogonazos expresivos o pinceladas literarias, que (re)crean escenas tanto de la vida escolar como la de sus entornos sociales, telón de fondo constitutivo, en los que ellas, las escuelas de diferente nivel y contexto, con sus administraciones y burocracias, son a veces testimonio sentido de la quiebra del lazo, de la fragmentación y del individualismo que en las últimas décadas tensiona y enfrenta a determinados grupos ciudadanos. La intención de este proyecto literario que el interesado tiene en sus manos debe ser valorada con la precisión que se merece: al detectar que estas dinámicas escolares parecen estar deviniendo omnipresentes en el lenguaje sociológico, psicológico y pedagógico, sin obviar la gramática reivindicativa y denunciadora de lo detestable (pero también, con más frecuencia de la deseada, en los distintos medios de comunicación), entiende que la literatura debe entrar, una vez más, en juego, a fin de que, a su modo y manera —como corresponde a la ficción—, pueda contribuir a desvelar estas realidades que tanto preocupan y se hallan en el corazón del debate contemporáneo alrededor de la exclusión, así como en sus más diversas manifestaciones. La diversidad se encuentra en el corazón del libro.

Así, pues, personajes, tramas, escenarios y situaciones, tienen su mejor expresión en la literatura, por lo que se entiende que, ante la propuesta, escritores y escritoras (en su mayoría de la geografía murciana, sensibilizados con estas cuestiones, probablemente por ser docentes), se encontraran con ganas de hacer oír su voz al ver que en este libro se les daba la palabra. Al fin y al cabo, la complicidad es compartida vitalmente, y la vida sigue siendo, en palabras de Welty, el aliento de la ficción.

Escenas particulares fruto de la imaginación creadora, revelando y describiendo hechos y situaciones interpretadas por personajes en cuya textura predomina el dolor, la humillación, el aislamiento, el miedo, la amenaza, la posibilidad futura y hasta la decisión de extinguirse. No es el espacio ni el momento de describir lo que cada relato contiene. El lado opresivo de la jaula, aquel que produce, en quienes son volteados, la sensación de apresamiento, esto es, presa de la sinrazón, se expone amargamente para ellos. Cada aportación, cada historia, más allá de lo literario y de la función de la ficción, es una invitación a que se piense y se pregunte por el valor de la diferencia y la diversidad, y se problematice, al final de un buen número de estos cortos, el fustigamiento al que son sometidas algunas personas por agresores sin freno.

Llegados a este punto, no voy a disimular los riesgos que asumo al tratar de satisfacer la curiosidad del presentador esforzándose en encontrar lo que hay de común en estas dieciocho breves narraciones. Puede servir de excusa que no es la actitud crítica la que dirige mis palabras —y mucho menos la crítica literaria— sino un intento de facilitar al lector la inmersión en las historias que se hallan en el libro. Ya que, tras su lectura detenida, creo que podrían señalarse algunos rasgos compartidos que merece la pena comentar, aunque sólo sea muy brevemente.

En primer lugar, el uso predominante del yo personal que cuenta, el «yo» singular, la persona que escribe y describe, en un buen número de ellos (salvo algunos relatos que utilizan el «se» impersonal), aquello que, como conductor o conductora de la historia le confirma el valor del esfuerzo. El tono confesional diferencia el estilo en la narración, sea cual sea la intensidad o la intención con las que los narradores se expresan.

De factura técnica distinta, en segundo lugar, no es muy complicado discernir estilos de escritura que difieren, enriqueciendo las posibilidades de lectura, pero que comparten un hecho contundente: el dejar la narración en suspenso, esto es, bajo la necesidad de seguir profundizando o completando lo que en ella no se dice y cabe decir y pensar, como lo que pasa y podemos desear que pase y en el relato no pasa. Ese tipo de narración que interpela a la subjetividad de cada lector, pidiéndole que no cese de preguntar e interrogarse. Entiendo que esta es una virtud en el relato corto: ser casi tacaños en no dar muchas explicaciones con el fin de no moralizar excesivamente, empañando su dimensión literaria.

En tercer lugar, en la mayoría de los relatos, son las mujeres las verdaderas protagonistas. Ellas cuentan, ellas relatan y denuncian porque son las más acosadas y golpeadas, siendo violentadas —en algunos relatos también maltratadoras— por quienes, sin control, desean hacerlo. No protagonizan todos los relatos, pero sí buena parte de ellos, asunto que delata quiénes son y suelen ser las más agredidas o amenazadas, o quiénes se sienten interpeladas para «confesar» o relatar lo sucedido al grupo o individuo por causa del maltratador.

Este punto se sitúa en coherencia con el que viene a continuación: en los relatos predominan los personajes sobre la descripción de ambientes. Que esto sea así procede de la naturaleza del relato corto que no da mucho juego para extenderse en todos los elementos que lo estructuran, pero a cambio, permite entrar en la esfera de la reflexión, de lo real en suspenso incitando a seguir escribiéndolos, haciéndoles decir lo que tú quieres que digan, lo que creemos que deben decir.

En último lugar, no perdemos la oportunidad de calificar a los relatos de esbozos o bocetos vitales centrados en sucesos significativos para quien los relata, descendiendo a dar cuenta de acontecimientos que suscitan emociones y obligan a pensar; breves narraciones que prescinden de intenciones generalizadoras, aunque, en tanto que han sido escritos con ánimo de que sean leídos, invitan a los lectores a sentirse concernidos, convocados por los acontecimientos que dejan huella. En J–Aula la complejidad de las relaciones humanas se manifiesta en todo su hervor.

Aunque los relatos den cuenta de la diversidad en la escuela, no se obvia que esta es, sobre todo, un lugar de encuentro y socialización; no obstante, es urgente alertar, las veces que sean necesarias, sobre aquellas dinámicas que hacen daño tanto al conjunto social como a quienes son directos receptores del afán opresor. Relatos de ficción, historias veraces, cuentos plausibles que abordan una cara de lo real que se expone, sin titubear, personal y públicamente. Y es que, cuando se trata de la opresión por gusto y crueldad no cabe neutralidad. J–Aula se puede leer, en este sentido, como una denuncia contra todo intento de mirar a otro lado cuando lo preciso es estar atentos y observar todas las escenografías en donde los abusos se pueden plantear.

El proyecto está en marcha y el proyectil a punto de ser lanzado. Es de esperar que alcance el objetivo, que cumpla su misión: que se goce con la lectura y que se piense y se interrogue a partir de lo que cada lector en cada relato encuentre. Esta ya es tarea suya.

Capitulo fundamental a destacar, sería injusto no hacerlo, es el papel relevante de las viñetas que se recogen en el libro, actuando a modo de constatación de los relatos, insertadas al final de cada dos de ellos. Para quien firma esta presentación, las viñetas de Ana Belén López (DOMMCOBB) le han recordado a Mafalda y a Tonucci, y contribuyen, a mi entender, a hacer más sólidas, sugerentes y provocadoras las historias de cada texto. Que nuestros ojos lleguen a ver el fecundo camino que sus páginas recorran.

Juan Sáez Carreras,
profesor universitario jubilado

«La literatura lo más que logra es lo mismo que un fósforo cuando se enciende en mitad de la noche, en mitad de un campo. Esa cerilla en realidad no ilumina nada, lo único que permite ver mejor es cuánta oscuridad hay alrededor».

William Faulkner

QUÉ SABRÉ YO

Ana Verdú

Estoy sola.

Y no soy la única. Qué curioso, dos soledades haciéndose compañía. No, no. Incorrecto: no nos acompañamos, simplemente permanecemos en un mismo espacio. Un aula de instituto en la que hay otros muchos (estimo que la mayoría de los días superan los treinta, demasiados en mi singular opinión), pero esos otros no cuentan porque en absoluto están solos. Bromean entre ellos, intercambian mensajes, se saludan al entrar y salir. Muestran interés por el que se sienta en el pupitre de al lado, le prestan cosas, las piden prestadas o las cogen con total confianza. Se dan la mano o se golpean con cariño la espalda. Y se apoyan, se cubren ante los enemigos. Se alían. Ahí radica la enorme diferencia.

A ella no le dirigen siquiera la mirada, y creo que (al igual que a mí) no le importa demasiado. Ambas les tenemos miedo, por qué no confesarlo, pero a partir de aquí se abre un abismo entre nosotras: yo sé cuidarme perfectamente, me gusta pasar desapercibida, ni interactúo ni lo deseo, y disfruto a rabiar del límite que existe entre el mundo de los otros y el mío. Que se mantengan lejos me encanta; no soportaría andar por ahí mezclándome con hordas, pandillas, gentío, manadas, colegas, llámese como se quiera. Ni una pareja añoro, ni un igual ni un distinto. No dependo de nadie, y por fortuna la contraprestación es maravillosa: nadie depende de mí. Ella, sin embargo, preferiría que nada fuera como es. O, al menos, eso creo. La observo desde mi tranquila esquina, detecto su ansiedad, y corroboro a cada momento que su miedo nada tiene que ver con el mío. Echa de menos lo que yo detesto, y le gustaría tanto tener lo que no tiene que su sufrimiento es doble: por carecer y por ser presa.

Y no niego que muchos días yo misma, en un arrebato de cinismo y fantasía desbocada, he pensado que sí, que sería una buena presa. Me la imagino corriendo en el patio delante de los otros, huyendo sin rumbo. No llegará lejos. Sus piernas regordetas, sus mofletes saltarines, su barrigota pesada, su evidente falta de agilidad. No podrá escapar, estoy segura, ni siquiera esconderse. ¿Dónde? Descarto el camuflaje, imposible ocultar su silueta. Demasiada carne tentadora, la suculencia es lo que despierta los instintos, supongo, lo que la hace distinta y apetecible. Una estupenda presa.

Desde luego, yo nunca he presenciado la escena. No salgo al recreo (¿para qué?), pero sé que las vallas del instituto encierran un coto de caza demasiado pequeño para una jauría tan grande.

Y tan hambrienta. No cejarán en su empeño, lo he comprobado en cada cambio de clase, en los pequeños gestos que pasan desapercibidos, en la mano que sigilosamente entra en su mochila y sale con un estuche (unos auriculares, un paquete de pañuelos) que todos darán luego por desaparecido, en la nota de papel que despierta risas cuando pasa bajo las mesas tras unas miradas de soslayo, en el silencio tras su pregunta sobre los deberes para mañana, en el golpe (no tan casual) que al pasar junto a su silla la hace temblar aún más, en los ejercicios manchados por el derrame (tampoco casual) de una inoportuna botella de agua. Yo lo veo, algunos de los otros también, quien tiene a todos de frente sin duda debería verlo, pero nunca pasa nada. Bueno, sí. Que ella se hunde tras su pupitre cada día un poco más.

El hilo que nos une se va volviendo más fuerte cada día, pero auguro que el abismo que nos separa también. Yo no soy inofensiva, en absoluto. Ella sí lo parece, no sé hasta qué punto lo es, o si ahora se ha replegado tanto que ha perdido cualquier capacidad de respuesta. Una lástima, para sobrevivir viene bien mostrar unos dientes afilados (aunque no lo sean). Yo lo hago, y los otros se lo creen. Con el paso del tiempo tengo la fama ganada, y mi aspecto lo delata; puede que eso les mantenga lejos de mí. Pero es mi condición, no la de ella. No puedo culparla por no saber defenderse, cada cual tiene lo que se le da y no lo que elige.

Hoy le han quitado el bocadillo poco antes de que sonara el timbre. Los de siempre. Desde mi rincón ha sido fácil apreciar la escasamente sutil maniobra, desde las filas de atrás aseguraría que también, del resto me caben dudas. Aunque hubiera dado igual, ya lo sé; ni una alerta, ni un dedo delatador, ni una defensa, ni un mínimo atisbo de enmendar el robo. Me acercaría a ella para consolarla; incapaz como soy de enfrentarme a los ladrones para devolverle su desayuno, al menos me gustaría poder darle un poco de apoyo, y asegurarle que basta un par de ojos pero que hay más. Pero igual también le repugno a ella (como a la mayoría), y desprecia mi acercamiento porque no entiende mis intenciones (o las malinterpreta, como suele suceder), y se vuelve en mi contra (suele terminar así la cosa), y al final la que se pone en peligro soy yo. O peor aún, los otros se fijan en mí, y entonces... No, no puede ser, imposible correr tales riesgos. Está fuera de mi alcance arreglar el asunto, y a fin de cuentas yo estoy tan sola como ella (y es un simple bocadillo, insisto en las dos últimas palabras varias veces para convencerme). Me siento bastante cobarde, la verdad, así que me concentro para enterrar mis reservas en lo más hondo que encuentro, tiro de pragmatismo para refugiarme en la red de la inacción (tejida con materiales más amargos que la seda), y opto por permanecer en mi esquina, silenciosa y discreta. Ajena. Pero a salvo.

No consigo dejar de observarla, ahora que han vuelto del patio. Me convendría centrarme en lo mío (tengo problemas propios que nadie me va a solucionar), pero en lugar de ocuparme de lo que debo me dedico a pensar obsesivamente que, con seguridad, ella está tan hambrienta como yo. Ni una mosca vuela sobre la clase, en calma total mientras el profesor reparte el examen. Gritaría de buena gana, quebraría esta aparente normalidad, este no pasar nada, pero no puedo. ¿En qué estará pensando ella? No en el examen, desde luego, permanece en blanco, impoluta la hoja, desierta. Vacía. ¿Con qué soñará? ¿Con huir, con desaparecer, con fundirse en esta puntual calma, en esta falsa pulcritud? ¿Dónde vivirá, dónde dormirá? ¿Dónde pasará las horas en que yo no la veo? En una casa que huela a limpio, donde entre el sol, con unos padres amorosos que se preocupen por ella. Con unos padres ausentes, atareados siempre en buscarse la vida para llevar un plato de lentejas a la mesa. ¡Puaj! ¡Lentejas, qué asco! No sé por qué lo he mencionado, quizás todavía recuerdo la charla de nutrición del otro día, qué aburrimiento, qué rato más malo pasé. ¡Lentejas! Jamás entenderé que eso sea comestible. Y mucho menos que le guste a alguien. A mí dame carne, jugosa y sabrosa carne. Eso es lo mejor del mundo. Al menos, del mío. Pero ya sé que hasta en esto soy distinta.

De repente, noto una intensa vibración que me saca de mis pueriles abstracciones. La percibo potente, clara, inequívoca. Es una de mis grandes virtudes, sentir lo que otros apenas advierten, palpar señales de aviso y reaccionar de inmediato, lo que junto a mi innata paciencia me permite anticipar por igual los peligros (que son muchos) y las oportunidades (escasas, no hay que desaprovecharlas). Imprescindibles ambos dones para resistir en medio de esta aula repleta de adolescentes insensatos. Para mi desgracia (y para la de ella), con rapidez descubro que lo que he presentido proviene de la tercera fila, en la que se sienta la chica, y que ya es inevitable: una hecatombe en forma de papelillo escrito con letra diminuta que el rubiales, con mucha discreción y habilidad, ha dejado caer justo al lado de sus pies. Ella, nada discreta y sin asomo de templanza, capacidad de reacción ni adecuado sentido de la defensa, se sobresalta, levanta la cabeza, mira a todos lados, se ruboriza, se llena de congoja e intenta pisar el papelillo para que el profesor, que se acerca, no lo vea. Inútil. Lo ve, lo coge, la acusa, le retira el examen (en blanco), obvia sus tímidas protestas, sus balbuceos, sus posteriores lágrimas. Una profunda culpa me invade, sobre todo cuando el chico le sonríe al que debe ser su compinche y este enarbola un gesto de triunfo. ¡Qué asco! Más que las lentejas, infinitamente más. Porque yo formo parte de los abúlicos testigos, de los colaboradore necesarios, de los que poseen la llave que cerraría estas heridas tan profundas, tan dolorosas, tan injustas.

Impotencia, así defino mi estado. ¿Qué puedo hacer sino tragar? Si los otros no se atreven, si ellos que ven como yo, que son más, que no están tan solos ni tan indefensos, que poseen mejores herramientas, redes mejor tendidas y apoyos mutuos, si ellos no se atreven, ¿qué voy a hacer yo? Nada, me repito, no puedes hacer nada. La naturaleza es implacable, dicen, y una jungla puede ser cualquier lugar. Hasta un aula. Compungida, me quedo inmóvil mientras los demás entregan los exámenes y abandonan poco a poco la clase en dirección al gimnasio, la siguiente tortura en la que un chándal nada favorecedor, sin querer, también participa.

A veces me gustaría tener superpoderes. El bicho raro transformado en héroe, en solucionador de causas perdidas. La salvadora que aparece en el momento más oportuno y ¡chas!, tras ardua batalla coloca las cosas como siempre debieron estar. Y si no es posible que yo disfrute de esos poderes, al menos proporcionárselos a alguien. Picar a cualquiera de los que callan y convertirlo en un Spiderman capaz de todo, un chico normalito que sin embargo actúa cuando es necesario, que siempre está si se le necesita, que ve, oye y percibe vibraciones aún mejor que yo. Y que acompaña sus grandes poderes de una gran responsabilidad, por supuesto. Aunque eso solo ocurre en los cómics, la vida real, y lo sé bien, es terriblemente más dura. Game over, no hay más oportunidades. Quizás.

Así que sin superpoderes, resignación. Ninguna capacidad extraordinaria (ni conocimientos de magia, hipnosis o artes marciales), pero me apaño bastante bien. Desde pequeña he aprendido a pasar inadvertida, y lo hago perfectamente. Permanezco aquí en un refugio, mi esquina tranquila donde es difícil que me descubran, me señalen con el dedo, o incluso que griten al verme. Me consta que aterrorizo a algunos, muchos son los que me odian, pero me he ganado el respeto (o el temor) de la mayoría. Si no me molestan, yo no tengo interés alguno en nadie. Si no me agreden, jamás agredo. Solo quiero que me dejen en paz, hacer mis tareas vitales con sosiego y sin interferencias; me gusta la calma, el silencio, estar sola (ya lo he dejado claro suficientes veces, ¿no?). Mantengo mis sentidos alerta, es evidente, aunque yo no desee destacar siempre hay quien usa la violencia por gusto, quien caza sin sentir hambre, y si no que se lo pregunten a ella. Pero ninguna de nosotras dos molestamos, no interferimos. No hacemos nada que merezca un insulto, un desprecio, un pisotón que nos destroce, que acabe con todo para siempre. ¡Es tan fácil para los otros! No son conscientes de lo que su pequeño gesto puede significar para nosotras, no lo son. Y, encima, disfrutan. ¡Qué coraje, qué rabia, qué desesperante resulta, qué odioso! Por eso tengo mi refugio, y por supuesto mis armas si la cosa se pone fea de verdad.

Estoy sola, sí. Y triste. Había encontrado en esta aula un rincón que creí perfecto, un lugar solitario, inalcanzable. Sin predadores. La esquina cerca de una ventana rota, por la que se cuelan los erráticos seres alados que atrapo en mi tela con facilidad, la esquina a la que no llegan los zapatos ni los plumeros. Comida sin demasiados riesgos, ideal. Pero lo que veo no me gusta, y no puedo hacer nada. ¡Nada! Quizás deba ser así, qué sabré yo, quizás no se deba intervenir. Al fin y al cabo, solo soy una pequeña araña, un bicho invertebrado sin un poderoso desarrollo cerebral (sin neocórtex, como aprendí en la clase de ciencias). Y, para colmo, no pertenezco a una especie social.

Qué sabré yo.

SÉ LO QUE ESTÁS PENSANDO

José Antonio Jiménez-Barbero

Nunca olvidaré el día en que perdí mis piernas.

Ya sé, ya sé, no es esta la historia que esperaban escuchar, pero o me dejan explicarme a mi manera o no suelto prenda. He venido por mi propia voluntad, ¿no? Así que se aguantan y escuchan hasta el final.

Como decía, nunca olvidaré aquel día. Papá tarareaba una canción de Nino Bravo (destrozándola, por cierto) mientras, en el asiento de al lado, yo me devanaba los sesos para intentar salvar al mundo de un apocalipsis zombi desde mi Nintendo. De repente, gritó. Un alarido atroz que tampoco olvidaré jamás. Fue lo último que escuché de sus labios antes de que el Tesla despegara del suelo como un avión y todo se volviera un fundido a negro.

Desperté de golpe, no poco a poco como se describe en las novelas. Las novelas son todas mentira. La mayoría de ellas lo son, pero esto no es una novela. Ojalá lo fuera.

Desperté de golpe, como les decía, y al principio no recordaba nada, salvo el aullido de mi padre.

Lo supe, y no me preguntéis cómo porque no sabría responderos. Supe que mi padre había muerto y que a mí me había pasado algo muy malo.

—¿Cómo te encuentras? ¿Has descansado bien? —me preguntó una enfermera de voz cantarina al advertirlo.

—Me duelen las piernas y mi padre ha muerto.

No era cierto lo de las piernas, claro, las piernas no me dolían en absoluto, yo ya sabía por entonces que eran carne muerta. No sé por qué lo hice, por qué le dije que me dolían las piernas. Quizá fue para darle un toque de humor negro a esta mierda.

La enfermera, que era una mujer bastante gorda, y lo parecía aún más embutida en su pijama blanco de hospital, abrió mucho los ojos. Pareció, por un momento, que iban a desprenderse de sus órbitas y rodar por el suelo, como un par de canicas de cristal. Estuve a punto de reírme, lo juro.

—¿Cómo...? ¿Cómo sabes eso? Es decir...

—Ni idea. Tengo hambre, ¿podrían darme algo? Un zumo, por ejemplo.

—Será mejor que avise a tu médico... Tú... tú no te muevas.

Y se marchó de la habitación. Que no me moviera, había dicho. ¿Y cómo cojones me iba a mover, si me había quedado paralítico? Gorda estúpida.

Regresó al poco, acompañada de un hombre joven que vestía vaqueros y bata blanca, arrugada. Traía las manos en los bolsillos y de su cuello colgaba un fonendoscopio que se cimbreaba sobre su pecho al andar. Su gesto era, intentaba ser más bien, de despreocupación. Le calculé unos veinticinco, tirando para arriba. Un residente de primer o segundo año.

—Buenos días, Bruno —me dijo mostrando una lánguida sonrisa que debía ir a juego con su bata—. Me ha comentado Isabel que... bueno, ya has recuperado la conciencia.

—Eso es obvio, ¿no? Estoy hablando con usted. Supongo que será mi médico.

—Eso parece. Y ya que he venido será mejor que comprobemos tus constantes. Después podrás tomar tu zumo.

—¿Volveré a caminar? —le espeté cortante.

Por un instante, muy breve, pareció aturdido, sin saber qué decir.

—Bueno, aún no estamos seguros. Deberás pasar por quirófano, y después habrá que realizar algunas pruebas...

—Tengo completamente seccionada la médula espinal. Aunque usted ya lo sabía, ¿verdad?

Rompí a llorar, y debo decir que mis lágrimas no me aliviaron en absoluto. Acababa de darme cuenta de lo que se me venía encima, y en esas circunstancias llorar no sirve de mucho. Por lo menos en mi caso.

Solo. Solo y en silla de ruedas para el resto de mi vida. Menuda jodida broma.

Quien sí pareció sentirse mejor fue la enfermera gorda. Aquello se ajustaba más a su guion. Un chaval que lloraba en la cama de un hospital. Le faltó tiempo para acercarse e intentar abrazarme.

—Déjelo. No necesito su compasión. Tráiganme ese maldito zumo y déjenme un rato a solas, por favor. Tengo que pensar.

Y era verdad. Uno no se queda sin familia y sin piernas todos los días; y tampoco es habitual descubrir que, de repente, eres capaz de leer el pensamiento de la gente.

El caso es que se marcharon y me dejaron solo, como había pedido, y eso estuvo bien. Me agradó, lo reconozco, la cara de alucinados que habían puesto. Ya no había pena, sino extrañeza y miedo en su mirada, y eso era mejor que la compasión, al menos para mí.

En aquellos primeros momentos de lo que iba a ser el resto de mi vida averigüé, entre otras cosas, que a nadie le gusta que sepas lo que hay dentro de su cabeza.

¿Qué por qué les cuento todo esto? Porque para mí es importante que comprendan. Además, no creo que tengan nada mejor que hacer, así que se aguantan o me largo de aquí ahora mismo.

Mis primeros meses tras el accidente fueron duros, y sirvieron para darme cuenta de dos cosas: en primer lugar, que iba a ser capaz de salir adelante. Hasta aquel momento mi existencia no había sido más que una plácida travesía en la que me había limitado a llenar los tiempos vacíos que quedaban entre las cosas que debía hacer y las cosas que me apetecía hacer. Mi situación actual me abría una perspectiva nueva y, aunque al principio pensé que me hundiría, a medida que aceptaba el hecho de que no volvería a caminar, era más consciente de que deseaba seguir viviendo.

Porque sí, deseaba vivir, me gustaba la vida, aunque discurriese amarrada a una silla de ruedas. Es algo que he meditado mucho a lo largo de estos meses. Estoy seguro de que si alguien me hubiera preguntado sobre ello cuando todavía podía andar le habría contestado que prefería estar muerto a vivir sin piernas. Y supongo que si os preguntara a vosotros pensaríais algo parecido. Pero mira, esto es así.

Vaya, me acabo de dar cuenta que he pasado al tuteo. Espero que no os importe. Debe ser que me caéis bien, si no, no lo haría. Normalmente soy muy respetuoso, aunque no lo parezca.

Volviendo al tema, el secreto está en dejar de machacarte los sesos con lo que ya no puedes hacer (que no es tanto, en realidad, cosa que no tardé en descubrir), y concentrar tus esfuerzos en todo aquello que sí puedes hacer.

Imaginaos por un momento que la vida es una tarta. O un bizcocho, da igual. Y que esa tarta o bizcocho es de varios sabores. Nadie es capaz de comerse una tarta entera... bueno casi nadie. Pero mirad, fijaos bien. Pensad en una tarta de frutas, chocolate, turrón, nata, caramelo, pistacho, miel... Y solo pruebas las partes que te gustan. Te zampas la parte del chocolate, y quizá la nata, y te dejas lo demás. Y resulta que, de pronto, alguien se ha llevado todo el chocolate, y también la nata. Es una faena, pero claro, tú sigues teniendo hambre, así que te atreves con el pistacho y con las frutas y piensas, oye tío, parece que no está tan mal. Quizá mejor que el chocolate.

Algo parecido es lo que me ha pasado a mí, no sé si me comprendéis.

No, ya veo que no. Supongo que para entenderlo deberíais verlo desde el punto de vista de esta silla.

La otra cosa que descubrí está relacionada con mi recién adquirida habilidad para leer la mente. A nadie le gusta que sepas lo que está pensando, es un hecho. Lo que tenemos en el interior de la cabeza es lo único que uno puede considerar verdaderamente suyo. Cuando alguien es capaz de descifrar lo que te sucede ahí dentro te trastornas, no sabes cómo reaccionar. Como si te violaran o algo parecido.

Un momento, dejadme que explique las cosas a mi manera. Ya sé que da la sensación de que divago, pero es importante que sepáis todo esto. Las cosas no suceden porque sí, ¿comprendéis? Es más complicado. Existen, ¿cómo se diría...?, circunstancias atenuantes.

Pese a todo, me tocaron vivir días jodidos, a los que siguieron semanas aún más jodidas. Hablo de mi vuelta al instituto. De la razón por la que estoy aquí.

Perdonad, se me está secando la boca, ¿podría tomar un refresco, o un poco de agua? Gracias, muy amable. Porque cerveza no tendréis, ¿verdad? Vale, vale, ya me lo imaginaba.

Jonás y Ramón. Y esa chica que siempre iba con ellos, Susana. O "la Susi", como le decían los demás. No estaban en mi clase, pero los conocía. Todos en el "insti" los conocían. Eran repetidores de otro curso. Gamberretes, porreros, bastante estúpidos, en realidad. Se metían con todo "quisqui", pero especialmente con los raritos. Ya sabéis, maricas, retrasados y eso. A mí me daba un poco de rabia que la tomaran con ellos. Bastante tenían con lo suyo para que además esos gilipollas les cayeran encima cada dos por tres. Pero nunca dije nada, claro, por si me cogían entre ojos. Es mejor no meterse en estas cosas. Al menos, eso pensaba antes de mi accidente.

Supe que tendría problemas con ellos nada más verlos, el día de mi regreso al instituto. Mientras algunos de mis antiguos compañeros me recibían con palmadas en la espalda y muestras de embarazo camuflado de simpatía, esos tres se mantuvieron apartados, sin quitarme el ojo de encima. Observé que el Jonás se inclinaba sobre su socio y le decía algo al oído, mientras se cubría la boca con una mano. Después, ambos soltaron una carcajada de la que participó Susana, a pesar de que no debía haber escuchado el "chiste". Mala cosa, pensé, y no me equivocaba.

¿Sabéis lo que son las barreras? Sí, como esas que cierran el paso a la entrada del parquin. Mi instituto está plagado de ellas. Escaleras por todos sitios, puertas demasiado estrechas, pupitres en los que no puedo meter ni las piernas. Hasta la jodida tarima del profesor (perdón por mi lenguaje, creo que estoy un poco alterado), que me impedía acceder a la pizarra para completar los ejercicios que se proponían en clase. Pero la peor de todas las barreras es la actitud de la gente.

Ya veis, cuando más odio mi capacidad de leer el pensamiento es durante las clases. Me resulta insufrible constatar esa falsa pena que me dedican los profes. Su condescendencia, el miedo que tienen a que reaccione de alguna forma rara. Cuando explican cualquier cosa, por trivial que sea, me miran a mí, para asegurarse de que lo he comprendido. Como si el accidente me hubiera trastocado el cerebro además de las piernas. O sea, en plan: "pobrecito, con lo buen chaval que era". O: "espero que le vaya bien en la vida".

A veces, me gustaría interrumpir la clase para gritarles: "¿Por qué me miráis así? Soy tullido, no gilipollas". Solo me frena saber que no es culpa suya. No pueden evitarlo. Y lo peor es que están convencidos de que lo están haciendo bien.

La condescendencia, cómo la odio.

Vale, vale, ya voy a eso. Qué prisa, coño. Los de ahí fuera pueden esperar un poco más, seguro que lo suyo no es tan grave.

Dejaron pasar un par de semanas, no sé si porque no lo tenían claro, o porque estaban planeándolo bien. Pero una mañana se me acercó la Susi, pavoneándose. Llevaba uno de esos leggins ajustados y un top de manga corta que dejaba ver el ombligo. Poligonera de barrio bien, como digo yo. Mascaba un chicle de fresa. También odio los chicles. La gente los deja tirados en el suelo y se me pegan a las ruedas, manchándome las manos de porquería. Cerdos, joder.

Era la hora del recreo, que yo acostumbraba a pasar solo, junto al campo de fútbol, observando a los otros chavales ejecutar las mismas piruetas con el balón que yo había sido capaz de realizar mucho mejor que ellos apenas unos meses antes. Imagino que pensaréis que es absurdo, ¿verdad?, atormentarme así, pero de alguna manera tengo que matar el tiempo, y desde el accidente no es que me sobre la compañía.

—¿Qué tal, Bruno? ¿Qué haces? —farfulló con el jodido chicle en la boca—. Te veo solo, últimamente.

—Es lo que hay.

—Ya, claro. Oye, vaya putada lo de tu accidente, ¿no?

—Psé —repliqué, esforzándome por aparentar indiferencia. Acababa de descubrir sus pensamientos flotando alrededor de su linda cabecita rubia.

—Escucha, mis colegas y yo hemos hablado, ¿sabes? Nos da pena verte así de fastidiado. Y aquí en el patio, siempre solo. ¿Por qué no quedamos una tarde los cuatro —dijo señalando al Jonás y a Ramón, que nos observaban en la distancia con aspecto serio— y lo pasamos bien?

—Claro. ¿Dónde? ¿En el Solar del Ahorcado?

—Sí. Joder, tío —exclamó haciendo rechinar el maldito chicle entre los dientes. Una vaharada rancia a fresa me alcanzó en plena cara y tuve que girarme, asqueado—. Pareces adivino o algo así. Venga, te esperamos mañana a las seis, después de merendar. No vives muy lejos, ¿verdad? ¿Podrás...?

—Sí, claro, tranquila. Allí estaré, como un clavo. ¿Quién querría perdérselo? —le dije.

¿Veis? La idea no fue mía, ahí tenéis la prueba. ¿Qué dices? ¿Qué podría haberme negado, no haber aparecido? Sí, claro. Se nota que no tenéis ni idea de lo que es el colegio. Se las hubieran arreglado para cogerme, de una manera u otra, y hubiera sido peor. Voy en silla de ruedas, ¿recordáis?

Ya, ya... si no me cabreo, pero es que ya sé por dónde van los tiros. Queréis que parezca que fui yo el responsable, y no es verdad. Ellos eran tres, y yo no soy más que un minusválido atado a una cochina silla de por vida, así que no os paséis de listos.

¿Por dónde iba? Ah, sí. El Solar del Ahorcado. Lo llamamos así porque hace unos años se encontró allí a un tío ahorcado, o al menos eso dicen. También dicen que se debió a un asunto de celos. Lo que son las cosas.

¡Ah! ¿Qué no es cierto? ¿No se ahorcó allí un viejo, ni nada? Pues ya veis cómo corren las noticias, no sabe uno ya qué creerse. El caso es que es un sitio ideal para liarse unos porros o pimplarse una buena litrona sin que te molesten. Yo iba mucho por allí antes, en mi otra vida.

El caso es que me planté en el solar, puntual como un reloj. Me esperaban sentados sobre unos cubos de plástico vueltos del revés, desde donde se pasaban un pitillo diminuto. Tabaco no era, ya os lo digo.

—¡Coño, Bruno! Pensábamos que te habías rajado —exclamó Jonás, al verme aparecer avanzando a trompicones con mi silla. Ramón se descojonó de la risa; el tío es que era todo un erudito, ¿sabéis?

—¿Y eso?

—Nada, no les hagas caso —intervino Susana—. ¿Quieres una calada?

—Claro, ¿por qué no?

Estaba muy cerca y podía leer sus cabezas con nitidez. Sus pensamientos brotaban de ellos rodeados por un halo brillante, quizá efecto de la droga, pero tan palmarios como si los hubieran escrito en negrita sobre una cartulina.

¿Qué es lo que hice, me pregunta? ¿Y qué iba a hacer? Aguantar el chaparrón, claro. No debería haber aparecido por allí, lo sé, pero la cosa ya no tenía remedio. Así que me quedé quieto mientras se divertían un poco con el niño minusválido y huérfano del cole.

Prefiero no entrar en detalles, si no les importa.

¿Retenerme...? Vosotros flipáis. Haced lo que tengáis que hacer, pero yo no soy ningún soplón. Además, ¿qué importa eso ya? Pasó lo que pasó, y punto. Lo único que puedo deciros es que cuando por fin me dejaron marchar, los tres estaban bien.

De todas formas, tenéis al Jonás, ¿no? Sus huellas en el cuchillo, la sangre en su ropa. Está claro que fue él quien se los cargó, así que dejadme en paz. ¿Qué cómo sé todo eso...? Pero ¿es que no habéis escuchado nada de lo que os he dicho? Puedo leer los pensamientos. Incluso los vuestros, ahora mismo, si queréis. Es vuestro problema, si me creéis o no.

Deja, no necesito ayuda. Conozco la salida. Que os vaya bien. Y al Jonás, que le jodan, es un mal tipo, ya os digo. Cuanto más tiempo pase encerrado, mejor.

Bruno desciende por la rampa con bastante dificultad. Demasiado empinada. Se nota que la han construido solo por cumplir con la normativa, sin voluntad de que tenga una utilidad real. En el último tramo está a punto de derrapar, pero consigue aferrarse a una barandilla y evita la caída.

Sonríe. Cualquiera que se tropezara con él en ese momento se sorprendería de la luminosa felicidad que transmite su rostro. Pobrecito, pensarían. Qué bien lo lleva. Eso es tener espíritu, y no como otros.

A dos manzanas de la comisaría se detiene, justo al lado de una papelera. Extrae un sobre de su chaqueta y lo abre. Contiene una docena de fotos impresas en papel común. Les va echan-

do un último vistazo a medida que las rompe en mil pedazos, antes de arrojarlas a la papelera: la Susi y el Ramón besuqueándose frente a un portal; Ramón metiéndole mano a la Susi por debajo de la camisa; Ramón otra vez, cogiendo a la Susi por la cintura, camino de su casa...

Algunas están manchadas de sangre. Debe ser de Ramón, aunque también podría proceder de Susana.

Son las mismas fotografías que le entregó al Jonás en el Solar del Ahorcado. Tuvo buen cuidado de recuperarlas, antes de marcharse.

Todavía sueña con el baño de sangre que presenció aquella tarde. El Jonás, enfurecido, rabioso de celos, acuchillando primero a su amigo, luego a la Susi. Y él, desde su silla de ruedas, espectador de lujo del brillante espectáculo. Qué poder se le ha otorgado, piensa.

Y solo le ha costado un par de piernas.

CALAMIDAD

Charo Guarino

Muchas veces he pensado en lo ingenua que fui. Tanto como para no percatarme de sus malas artes. Pero, a decir verdad, también pasó desapercibido a los profesores y a buena parte de los estudiantes con los que compartí aulas y recreos. No a todos ni todo el tiempo, aunque eso lo supe después, cuando yo misma salí de mi letargo y me sacudí el yugo que me tenía sometida y que yo misma me había impuesto.

Por traslado de ciudad de mi familia, debido a un ascenso de mi madre en el trabajo, yo acababa de llegar a un nuevo Instituto. Mi timidez siempre había sido obstáculo para iniciar una conversación, y mis conatos de comunicación no iban más allá de las frases de cortesía que desembocaban irremediablemente en el callejón sin salida en el que se había convertido mi vida, que paulatinamente se me iba antojando más gris, solitaria y anodina, y que solo salvaba mi afición a la literatura, en especial a la poesía.

El curso llevaba ya tres meses iniciado y no había conseguido pasar del saludo con los compañeros de los pupitres aledaños. De entre ellos,

Patricia parecía ser la única que se mostraba interesada por cultivar mi amistad y estaba pendiente de mí. En realidad, lo que hacía era aprovecharse de mis dificultades para relacionarme, aplicándose con empeño para tenerme a su merced.

Yo estaba demasiado preocupada como para darme cuenta, y me debatía en el límite entre la ansiedad y la depresión. En más de una ocasión había llegado a pensar que la humanidad no se perdería nada si yo desaparecía, y ese pensamiento dañino, de frecuente pasó a hacerse habitual y a convertirse en obsesión.

Patricia comenzó a tejer a mi alrededor su tela de araña. Primero fueron sus supuestas confidencias, táctica que utilizó para que me abriera a ella y le confiase mis temores y así poder trazar un mapa de mis puntos débiles. Luego sus consejos, en apariencia desinteresados; la movía, según sus propias palabras, su identificación conmigo, y lo que fingió amistad incondicional. Decía que éramos almas gemelas. Pero, casi imperceptiblemente, aquellos consejos se fueron tornando prohibiciones absurdas. Me hacía jurarle que no contaría a nadie más mis preocupaciones ni mis inquietudes y decía entender por qué estaba tan sola, agudizando mi inseguridad y haciendo más profunda la herida invisible que, como si fuese un cerco, me distanciaba de los demás y me aislaba del mundo. Levantó un muro infranqueable en torno a mí con la facilidad que yo le proporcioné y comenzó a difundir bulos que me hacían resultar antipática y hostil. Ponía en mi boca, ignorándolo yo, insultos y menosprecios a compañeros. No permitía que trabase amistad con nadie. Su afán de posesión era absoluto. Sabía dar la vuelta a las situaciones a su antojo y salir bien parada de sus malévolas maquinaciones.

Cuando empecé a rebelarme contra su asfixiante dominio se puso a la defensiva, y me acosaba deslizando la amenaza de revelar mis confesiones más íntimas y mis supuestos intentos de suicidio. Especialmente cuando llegó Marcos. Estábamos en primero de bachillerato, y era raro que en clase hubiese alguien que no hubiera tenido algún rollo. La propia Patricia tonteaba con unos y otros sin que sus coqueteos cuajaran en algo más que palabras condimentadas de picardía que no obtenían la respuesta deseada, lo cual la frustraba, por más que ella no lo reconociera y disfrazase de desdén por su parte el escaso eco de sus retorcidas tácticas de seducción.

Cuando observó que Marcos me miraba con insistencia, después de que yo le hubiese contado que me resultaba atractivo, debió pensar que su presencia ponía en riesgo la influencia que ella ejercía sobre mí, y que su control absoluto empezaba a hacer aguas. Eso, además de los celos que seguramente le provocó la evidencia cada vez más nítida de que aquel muchacho recién llegado, que destacaba de entre los demás en tantos aspectos, mostraba interés por mi compañía y buscaba la ocasión para acercarse a mí e iniciar conversaciones que se apartaban de los lugares comunes y exploraban intereses que compartíamos, en particular el amor a las lenguas clásicas o al arte, que despertaban nuestra curiosidad ofreciéndonos un placer intelectual que nos hacía vibrar al unísono. Jamás había experimentado una sensación como aquella, que puedo revivir en este mismo instante y que me llena de la misma alegría que entonces, pese a lo que ocurrió después.

Fueron muchas las ofensas que toleré a Patricia, empezando por aquel apelativo que llegó a sustituir mi nombre y que repetía sin cesar: «Calamidad». Yo todo se lo consentía, aunque me desagradara, hasta que la sorprendí diciéndole a Marcos que tuviera cuidado conmigo, que era una mosquita muerta que se liaba con el primero o la primera que le decía 'ojos negros tienes', incluido el profesor de griego, que por eso me ponía diez en los exámenes, y le relataba como si fueran ciertas historias propias de una mente calenturienta y envidiosa. Cuando se percataron de que había oído su conversación, simularon que hablaban de otra persona, pero Marcos cambió a partir de entonces. Se mostraba esquivo conmigo en público, y, por otra parte, buscaba hacerse el encontradizo a solas. Empezaron a salir, a escondidas por exigencia de Marcos, y Patricia aceptó por conservar una relación que había nacido viciada. Le había inoculado el veneno de la desconfianza, y, sin haber llegado a conocerme, él se había decantado por dar crédito a sus palabras, engatusado por la que decía ser mi amiga. La intención de Marcos era la de nadar entre dos aguas, y, aunque no había renunciado a conquistarme, lo hacía con un disimulo que me dejaba perpleja. No podía comprender por qué, de la espontaneidad inicial que tanto me había gustado de él, había pasado a adoptar esa pose chulesca. Echaba en falta sus conversaciones, inteligentes y chispeantes. Su mirada se volvió torva y perdió el encanto que lo adornaba.

El día de fin de curso me lo encontré cuando salíamos del cuarto de baño. Él había bebido más de la cuenta, y seguramente eso fue el detonante de lo que hizo. Ni corto ni perezoso se abalanzó sobre mí y me introdujo de un empujón en el pequeño receptáculo anexo donde se guardaban los productos de limpieza. Cerró la puerta, me tapó la boca, y comenzó a tocarme con una avidez y una violencia que me dejaron helada. Fui incapaz de resistirme: me invadió una especie de parálisis similar a la afasia que experimenté en clase de literatura el día en que decidí ofrecerme voluntaria a comentar un texto que había preparado a conciencia, dispuesta a acabar con unos complejos que Patricia había alimentado echando leña al fuego para que no la eclipsara, para brillar a costa de apagar mi luz. Se mofaba del tono de mi voz, de mis tartamudeos, de las palabras que empleaba... Me hacía sentirme tan ridícula que aquel día, mientras esperaba mi turno para participar en clase de literatura, mi cerebro colapsó y mi garganta fue incapaz de emitir sonido alguno. Lo único que pude hacer fue huir de clase mientras el llanto manaba de mis ojos como lo hace el agua de una fuente, incesante y sin esfuerzo. En cambio, ahora me sentía incapaz de liberarme de aquella prisión, atenazada por un extraño temor mezclado con asco y vergüenza que me resultaba desconocido y del que necesitaba escapar. De repente, se abrió la puerta y apareció Patricia. Ante la sorpresa, Marcos se apartó de mí. Yo reaccioné entonces y abandoné aquel lugar tan aprisa como pude. A mis oídos llegaban los insultos de Patricia, y las torpes disculpas de Marcos ante ella, acusándome falsamente de haberlo provocado. El incidente se difundió porque Patricia escribió una carta anónima que colocó en el tablón donde días más tarde se publicaron los resultados de la última evaluación, además de distribuir copias por distintos lugares del centro con mi nombre y apellidos ofreciendo una versión que faltaba absolutamente a la verdad de lo sucedido. Llegó incluso a dirigir a la oficina de mi madre un escrito más detallado en el que vertía acusaciones contra mí con una crueldad de la que nunca la hubiera creído capaz. Ella misma me lo hizo saber, mientras sonreía maliciosamente al comprobar cómo hacían mella en mí sus difamaciones.

Pensé que la tierra se hundía bajo mis pies, doblemente traicionada por las dos personas a las que más cercana me había sentido desde mi llegada al instituto. No me sentía con fuerzas para defenderme de los infundios, convencida de que nadie me iba a creer. Y en aquellos momentos en los que me sentía perdida de pronto brilló un destello de esperanza: mis compañeros de clase se organizaron para localizar y destruir cada uno de los textos denigrantes en los que aparecía mi nombre. En su lugar, en el tablón de las calificaciones, había brotado un jardín de flores de papel en las que se leía: "Gracias, Rosa, por embellecer cada día del curso con tu prudencia".

Al volver a casa mi madre me recibió con un abrazo que no podré olvidar, en el que cabía todo el amor del mundo, y al día siguiente tuvimos una conversación que me hizo comprender lo difícil que puede ser llegar hasta alguien que se acoraza en sus miedos, por mucho que lo ames, y también que a menudo resultamos ser nuestro peor enemigo.

En la Junta de evaluación, los profesores trataron el tema con delicadeza y la tutora me convocó para felicitarme por los magníficos resultados académicos que había alcanzado y de paso hacerme saber que la dirección del centro había tomado medidas disciplinarias contra Marcos y Patricia. Ninguno de los dos volvió al curso siguiente, en el que forjé amistad con un grupito de clase que perdura años después. Personas con sus defectos y virtudes, como cualquiera, en los que he encontrado apoyo y a los que lo he prestado de forma desinteresada, porque así es la verdadera amistad: transparente y gratuita.

Hace solo unos días coincidí por casualidad con Patricia en la parada del autobús. Me costó reconocerla. Fue un gesto suyo lo que la delató, una manera muy particular de mirar, como de soslayo. Cuando nuestras miradas se encontraron le sonreí. Ella me ignoró, sombría, como si nunca nos hubiéramos conocido. Pero no me importó. No he sabido qué fue de su vida desde que nuestros caminos se separaron, ni tengo tampoco el más mínimo interés. La mía mejoró ostensiblemente tan pronto comprendí que si otros me habían manipulado y abusado de mí había sido porque yo misma había puesto en sus manos las riendas de mi vida. Hasta que empecé a aceptarme no se disolvieron mis bloqueos, permitiendo que emergieran cualidades que no tienen por qué gustar a todo el mundo, pero que forman parte indisoluble de mí y constituyen mi esencia. Asumí que puedo ser despistada, pero que no soy ninguna calamidad. Que es preciso quererse a una misma y procurar ser feliz para poder querer y hacer felices a otros. Que la mejor manera de que no nos falten al respeto es respetándonos a nosotros mismos. Que no es la comparación con nadie sino el afán de autosuperación el que debe guiar nuestros pasos, y que una actitud positiva es imprescindible para afrontar y poder resolver de la mejor manera las dificultades que sin duda se nos presentarán en la vida, y para disfrutar intensamente de los buenos momentos que también nos esperan.

En cuanto a Marcos, coincidí con él en las pruebas de acceso a la Universidad. Al oír mi nombre levantó la vista, pero cuando nuestros ojos se cruzaron bajó la cabeza, avergonzado. Días después me buscó para pedirme disculpas, y se mostró sinceramente arrepentido en la breve conversación que mantuvimos y que sirvió para que ambos quedáramos en paz.

Hoy, tanto él como yo somos profesores, y alguna vez nos hemos vuelto a encontrar. Estoy segura de que ambos somos conscientes de que nuestra misión va más allá de tratar de excitar en nuestros estudiantes la curiosidad por aprender. La solidaridad, la empatía, la euxenía, los grandes valores que nos han sido legados deben ser transmitidos junto con los conocimientos. Grecia era uno de los temas que salían a relucir con más frecuencia durante aquellos meses en que nuestras adolescentes vidas confluyeron. Nos fascinaba el modo, sublime y sencillo, en que Homero, en la *Ilíada*, retrataba la psique humana en una situación tan extrema como la guerra, que sigue azotando a la Humanidad en distintos lugares del planeta, y cómo en medio de la barbarie creaba belleza y era capaz de pintar el alba con sus aladas palabras y de describir el mar como si lo estuviera dibujando.

Ayer me llegó desde Corfú una postal sin firma, pero cuya letra identifiqué de inmediato: 'eos rododáktilos glaucópis' era todo lo que llevaba escrito. Así me llamaba Marcos. En ella la aurora de dedos de rosa tintaba el horizonte color grana y, sobre un mar color de vino, en lontananza resurgía un nuevo sol.

NAUFRAGIO

Toni Solano

Viernes 4 de octubre

—No, profe, no voy a salir a exponer con mi grupo.

—Pero ¿me puedes explicar por qué?

—Es que ya se lo dije, que ese tema no me gusta.

—A ver, Emilio, el cambio climático y sus efectos en el medio ambiente es uno de los temas que tenemos que abordar en esta asignatura relacionada con los Objetivos de Desarrollo Sostenible. No se trata de que te guste o no, sino de entender el mundo que nos rodea y buscar cómo podemos mejorarlo.

—Ya, profe, pero es que a mí esas cosas no me van. Ni me lo creo ni me parece que tenga que arreglar nada. Además, lo comenté en casa y me dijeron que eligiera otro tema. Mis padres creo que te mandaron un mensaje.

—Sí, ya les contesté que los temas vienen fijados por el currículo...

—Bueno, ellos me apoyan y dicen que les da igual si saco mala nota en este trabajo, que no me van a castigar por eso.

—Vale, Emilio, ya hablaremos más adelante. Solo me gustaría que, al menos, participes con tu grupo en la búsqueda de información.

—Bueno, solo si luego no me obligas a salir.

Emilio se retira a su mesa mientras anoto un interrogante en la libreta junto a su nombre. Es mi manera de comprobar el progreso de los alumnos de 4°C en el proyecto relacionado con el medio ambiente, una situación de aprendizaje que les obliga a reflexionar sobre el impacto de las acciones humanas en los diferentes entornos. El grupo de Emilio lo forman dos chicas y dos chicos, todos buenos estudiantes, con familias muy comprometidas con el instituto. Emilio es muy majo, siempre participativo y atento, pero, desde que empezamos con este bloque, lo percibo inquieto y silencioso. Esta conversación ha revelado algo que ya intuía después del mensaje de sus padres: *Nos ha contado Emilio que tiene que hacer un trabajo sobre el cambio climático y uno de los ODS. No nos parece bien que se obligue a los alumnos a tratar temas políticos y preferimos que se trabajen solo los contenidos del temario que corresponden a su curso. Por favor, modifique el tema o cámbielo de grupo. Gracias.*

Lunes 7 de octubre

Salgo del despacho de dirección con una sensación agridulce, la de sentirme arropado por el equipo directivo y la de vivir en un mundo complejo en el que no es fácil educar. Hasta hoy no me había planteado que ciertos valores que creía universales no son compartidos por todo el mundo. Como profesor siempre he pensado que uno de los objetivos de la escuela es formar a los jóvenes para que construyan un mundo mejor, pero veo que hay barreras que dificultan esta labor. La entrevista con los padres de Emilio me ha destapado otra realidad, una realidad en la que no hay que plantear a los jóvenes situaciones incómodas, temas que puedan alterar los fundamentos ideológicos o morales de las familias. No soy un ingenuo, sé que las familias son diversas y dignas de respeto, pero pensaba que todos coincidiríamos en que el futuro de nuestros hijos es una prioridad. Intento convencerme de que los padres de Emilio también esperan que el mundo sea mejor para su hijo, pero me cuesta asumir que esos argumentos que he escuchado hoy tengan algún sentido.

—*El cambio climático no existe.*

—*No estoy de acuerdo, pero ni siquiera eso es relevante para el trabajo que he propuesto en clase. Solo quiero que investiguen y expongan sus conclusiones.*

—*No puede haber unas conclusiones fiables si ya el punto de partida es erróneo. Los ODS y la agenda 2030 son solo una invención para justificar políticas que benefician a unos cuantos para poder vivir del cuento.*

—Bueno, si investigan siguiendo el método científico, quizá lleguen a esa conclusión. No pretendo inducirlos a nada. Ya veremos...

—Mi hijo no va a investigar nada relacionado con ese tema ni con otros de ese estilo. Ya se lo dije. Si tiene que suspender esa parte del temario, lo asumimos.

—No hace falta llegar a ese extremo. Ya le he propuesto a Emilio que, al menos, participe con su grupo en la búsqueda de información. Buscaré una alternativa para la exposición oral.

—Es que tampoco queremos que busque nada. Ese tema no es apropiado para trabajarlo en clase. Ya lo tratamos en casa. No vamos a ceder.

Viernes 11 de octubre

He avanzado bastante con los grupos de 4° C. Durante el fin de semana la mayoría habían localizado numerosas fuentes de información sobre los temas que tenían que abordar y hemos dedicado toda la clase a seleccionar y filtrar las más fiables. He tenido que reubicar a Emilio en otro grupo que está trabajando la pobreza en las grandes ciudades. No ha puesto demasiadas pegas, aunque he notado que tampoco este tema le entusiasma. El grupo del cambio climático ha compartido algunos vídeos en los que aparecen los argumentos que ya escuché a los padres de Emilio en el despacho de dirección. Hemos reflexionado sobre ello a partir de los datos, colocando en dos columnas razones a favor y razones en contra del negacionismo del cambio climático. No hemos llegado a ninguna conclusión por el momento, pero les he dicho que tomen nota de los datos y lo acabaremos de hablar el lunes. Me ha llamado la atención una reflexión que ha lanzado Marta, una de las componentes del antiguo grupo de Emilio:

Es curioso que haya tanta gente negando el cambio climático y a la vez diciendo que hay aviones que lanzan productos para provocar la sequía. Por un lado niegan que el ser humano pueda alterar el medio ambiente y por otro inventan una conspiración para conseguir que no llueva. En esto, aparte de la desinformación y los bulos, yo lo que veo es que cada vez hay más problemas de incendios o de lluvias torrenciales y para eso tenemos que buscar solución.

Lunes 14 de octubre

¡Qué clase más apasionante! Mis alumnos han discutido, han debatido, han razonado y han mostrado una madurez digna de elogio. Han salido temas que dan para seguir trabajando todo el curso: la influencia de los *youtubers* y *tiktokers* en la opinión pública, el modo en el que los jóvenes reciben la información, la fiabilidad de las fuentes y los datos en el debate sobre el cambio climático, los intereses detrás del ecologismo y del negacionismo climático, el análisis de datos científicos... He recuperado la fe en el sistema educativo y también la esperanza en un mundo mejor, a pesar de que también he comprobado de qué manera los discursos conspiranoicos inundan el universo mediático de los jóvenes.

Emilio no ha venido a clase.

Viernes 18 de octubre

Hemos acabado las exposiciones orales en 4º C. Ha sido una semana intensa en la que el aula se ha convertido en un espacio de debate y discusión interesante. No todas las conclusiones han sido de mi agrado: veo que hay jóvenes que defienden valores que no puedo compartir, como la defensa de la pena de muerte o ciertas actitudes machistas o racistas, pero es necesario hablar de ello desde el respeto y la argumentación serena. Les queda mucho tiempo por delante para entender la diversidad y la tolerancia. Prueba de ello ha sido la discusión que hemos vivido hoy entre Marta y Emilio:

—*Lo que no entiendo, Emilio, es que vuestro grupo defienda que la pobreza es responsabilidad exclusiva de los pobres, como si no se hubieran esforzado por ser ricos.*

—*Cualquiera puede alcanzar lo que quiera si se esfuerza lo suficiente. Mira los ejemplos de* muchos *influencers* que se han hecho ricos sin tener una familia rica detrás.

—Eso son casos muy particulares y tampoco sabemos quién los ha podido ayudar. Ten en cuenta que detrás hay empresas y patrocinadores que tienen intereses en los discursos que defienden.

—Ellos son los únicos que nos dicen la verdad porque no dependen de ideologías ni de partidos políticos, que son todos iguales.

—No es verdad que no tengan ideología, lo que pasa es que no quieren decir cuál es. ¿Qué crees, que niegan el cambio climático porque es mentira? En realidad defienden los intereses de quienes quieren seguir contaminando sin límites o de quienes quieren convertir las zonas naturales protegidas en cemento y hormigón.

—Ya estamos con el bulo del cambio climático otra vez.

—Pues sí, porque ya ves lo que tenemos en las ciudades, cada vez menos parques o zonas verdes y más coches, más ruido y más contaminación. Y a nivel mundial, deforestación, calentamiento global, desastres naturales...

—Bla, bla, bla... siempre el cuento del lobo, que nos vamos a achicharrar o nos vamos a inundar.

—Qué pena que no lo quieras ver, Emilio, y más viviendo como vivimos tan cerca de la costa. Esto igual no les afecta a esos *youtubers* ni a los políticos y empresas que los financian con su publicidad, pero nos afectará a nosotros y a nuestros hijos si llegamos a tenerlos.

—*Que sí, Marta, que ya sé que has comprado la agenda woke al completo. Sigue con tus telediarios que yo seguiré con mis canales de Telegram y Youtube...*

Viernes 25 de octubre

Hemos aprovechado las informaciones meteorológicas con aviso de fuertes lluvias previstas para la semana que viene para recordar que muchas personas viven en territorios y condiciones precarias que pueden verse afectadas por los fenómenos naturales. Hemos recordado la erupción del volcán de la Palma y hemos comparado lo que supone un fenómeno extraordinario con otros problemas derivados de nuestro estilo de vida o de decisiones políticas, como la contaminación atmosférica, la construcción de viviendas en zonas inundables o la emisión de gases de efecto invernadero por parte de grandes industrias o explotaciones ganaderas. Les he hablado de las riadas en nuestra zona y cómo, según los datos, cada vez son más frecuentes y violentas. Hemos vuelto a compartir las estadísticas y las declaraciones de los expertos en cuestiones climáticas. Marta tomaba notas con entusiasmo mientras Emilio dibujaba aviones en su libreta. Hemos quedado para que recojan en casa testimonios relacionados con el tema. Emilio ha chasqueado la lengua y ha cerrado de golpe la libreta.

Lunes 28 de octubre

En la hora de visita de padres me han vuelto a llamar los padres de Emilio. Insisten en que dejemos ya el tema del cambio climático, que parece que me obsesiona personalmente. Les he explicado que forma parte del currículo y que nos viene muy bien como situación de aprendizaje precisamente porque hay aviso de DANA en la zona y tienen que informarse del tema. Somos muchos los alumnos y profesores que vivimos junto a barrancos o marjales que pueden inundarse. Ha sido otra conversación tensa en la que vuelve a salir el tema de la política, a pesar de que les he explicado una y otra vez que solo nos documentamos con fuentes fiables de expertos. Tras la conversación he vuelto a hablar con el equipo directivo, que reafirma la idoneidad de este tipo de trabajos y reflexiones de acuerdo a lo que marca la ley. No he podido dejar de sentirme un poco decepcionado por la situación.

******

Emilio cierra el diario del profesor. Lo encontró por casualidad en el cajón al buscar el mando del proyector y se lo guardó en la mochila. Es consciente de que no tendría que haberlo leído. El impacto de la noticia de su fallecimiento y el homenaje del centro la semana pasada los había tenido tan ocupados que nadie pensó en mirar si se había dejado algún objeto personal en clase. Ahora piensa si ese diario no era más que un mensaje lanzado en una botella para que él lo encontrara. Quiere llorar y no puede. Ahora solo siente rabia, mucha rabia. Aprieta los puños muy fuerte. Coge su móvil y marca un número:

—¿Marta...?

ENFERMEDAD ADICCIONES DROGAS VIOLENCIA SOLEDAD SUICIDIO DESIGUALDAD PRECARIEDAD

Es lejos de nuestra
verdadera naturaleza
donde surgen los aparentes
problemas

Domnicobb

AURA

Antonio Parra Sanz

Aura suspira aguardando a que el timbre acabe de sonar, no es la primera vez que se encierra en el baño, pero sí es la que más le está afectando. El cuerpo de Tamara en aquella estrecha cabina está tan cerca que podría recorrerlo solo con el aliento que apenas las separa. Fugarse una clase no es nada nuevo para ninguna de las dos, pero hoy la espera se está convirtiendo en un suplicio, y ni siquiera la certeza de no aguantar a Julián y sus gritos matemáticos le sirve de alivio. Hay profesores a los que no soporta, tampoco los soportaba antes, eso es cierto, pero desde que asumieron que habían de corregir las listas y cambiar aquel Alberto por el Aura actual ella siente que la miran raro, y que las broncas esconden algo más que lo disciplinario. Es verdad que ella tampoco ha hecho mucho por mejorar, todo lo contrario, desde que ha empezado el curso está más díscola, más arisca, menos retraída, y no se calla nada aunque sepa que vaya a decir algo inconveniente, la psicóloga le dijo que debe verbalizar lo que sienta y ella le hace caso a pies juntillas, aun cuando muchas veces debería mantener la boca cerrada. Tampoco es que nadie se meta con ella por su cambio, ni mucho menos, el golpe fuerte lo llevó a cabo durante las vacaciones veraniegas, y en septiembre ya la melena le lucía un poco, como si el vello que se iba borrando de otras zonas la hubiera alimentado, también las pastillas habían hecho su efecto y aquellos pechos incipientes iban aumentando su poquito semana a semana. Nadie dijo ni pío, es verdad, y los profesores llegaron bien aleccionados desde el primer día, todo lo más con un silencio de milésimas antes de pronunciar su Aura cuando en el parte seguían leyendo Alberto. Hace ya semanas que sabe que las listas están corregidas, y solo Julián, el ogro de Matemáticas, y Laura, la estirada de Lengua, siguen haciendo esa mínima pausa, pero eso ya le da lo mismo, para ella valen mucho más los abrazos de sus compañeras y el pasotismo de los chicos que, con su ignorancia, le están concediendo su conformidad.

La respiración de Tamara se entrecorta por la tensión, y eso a ella está empezando a volverla loca. Desde el reencuentro en septiembre ha tratado de morderse la lengua y hasta el ánimo, para que nada la traicionara. Tamara sigue siendo su mejor amiga, su compañera de fechorías, la pareja señalada por los profesores y hasta por el Jefe de Estudios, porque donde va una está la otra, y porque cometen las mismas tropelías. No es que Tamara sea mala chica, un poco atolondrada quizá, pero sigue los pasos de Aura sin dudarlo, y desde no hace mucho ha pasado también a tomar las decisiones más trascendentales: cuándo llegar tarde a Sociales, cómo salir antes del pabellón, en qué momento esconderse cerca del huerto, en el ángulo muerto que no controla el equipo de profes de guardia, o, como hoy, en qué baño encerrarse al final del recreo para no entrar a Mates, para no soportar un día más los gritos de Julián. Aura tiene sus labios tan cerca que ha de hacer un esfuerzo ímprobo para no lanzarse a morderlos. Tamara ha sido la que con más naturalidad se le acercó al iniciar el curso, como indicándole que sabía más de lo que parecía, regalándole la tranquilidad de que nunca le haría reproche alguno, como tampoco le hizo ninguna pregunta. Eso empezó a conquistarla, eso y su pelo, sus labios cada vez más carnosos o esos centímetros de más que el verano le había regalado. Lo de las preguntas lo agradeció mucho porque su ausencia le pareció una novedad, y es que, aunque ya venía predispuesta por la psicóloga para responderlas sin aspavientos, ella prefería que no se dieran, sobre todo después de tantas como hubo de soportar hace ya tanto en casa, cuando decidió que había llegado el momento de contar las cosas como eran, de arrancar las caretas y mostrarse como ella se sentía. Cuando Alberto cayó derrotado, la madre lloró aunque se puso de su lado en pocos días, al padre le costó mucho más, y se sumergió en un estado de indecisión grande, acompañado de una masiva ingesta de cerveza, como si con ella pudiera conjurar al hijo desaparecido, o mitigar de alguna manera esa nueva presencia que se le iba imponiendo en la casa. No rechistó con el cambio de vestuario, pero tampoco pisó una consulta médica, no escuchó ni uno de los dictámenes de la psicóloga pero tampoco frenó las tareas de maquillaje y peluquería; los trece años de Aura acogieron solícitos los efectos de las hormonas, y cuando las articulaciones se redondearon, el rostro se suavizó y las caderas y los pechos comenzaron a ocupar su verdadero lugar, el padre reconoció su derrota, una derrota que no tardó en mudar a una aparente conformidad, aunque Aura desconfiaba a veces al sorprender su mirada profunda y aviesa, la misma que se volvía aún más afilada cuando su tío estaba también de visita. Entonces se ocultaba de ambos, huía a su habitación y se enganchaba al móvil a chatear con las compañeras que le reían las barbaridades, las mismas que no era muy capaz de pronunciar si Tamara se incorporaba a la conversación.

El timbre va menguando y la risa de su compañera le estalla encima, volcándole un aliento dulce que todavía rezuma el chicle que acaban de compartir. Las dos saben que deben salir de esa cabina y llegar lo antes posible a la zona del huerto, pero Aura, que sigue apoyando su espalda en la puerta, se aprieta un poco más contra Tamara blandiendo la prevención de la espera para que los de guardia no las encuentren en el baño y les caiga un nuevo parte. Ninguna de las dos lleva ya la cuenta de los que han recibido en el trimestre, el padre de Tamara ha ido ya varias veces a hablar con la tutora, a los suyos, en cambio, nadie les ha llamado, parece como si sus circunstancias estuvieran también frenando las sanciones, y eso no acaba de gustarle porque piensa que no deja de ser un poco de discriminación, de esa positiva, como explicaba la profesora de Valores, pero discriminación al fin y al cabo. En casa está ocurriendo más de lo mismo, ya han dejado de preguntar por las notas de los exámenes, incluso no preguntan por los deberes o los trabajos, se limitan a mirarla con cierta distancia pero también con un baño de prudencia, sobre todo su madre, más preocupada por el hecho de que no le falten las pastillas, o de que no se le pase una sola cita con la psicóloga, y atenta a concederle los caprichos textiles que pueda, que no han de ser muchos porque las cosas están como están, pero sí adecuados a lo que Aura pida, que nadie pueda señalarla ni menospreciarla por lo de fuera.

Tamara intenta estirar una pierna que se le está durmiendo pero Aura sigue exigiendo silencio, aunque baja su mano hasta la pantorrilla afectada y comienza a masajearla para evitar esas hormigas puntiagudas que suelen colonizar los músculos dormidos. Aura transpira más de la cuenta porque quisiera proporcionarle ese masaje directamente en la piel, y sin quererlo se le escapa un quejido algo ronco que provoca la risa en Tamara. Hace algunos días que la voz de Aura está sufriendo horribles timbrazos, del falsete al grave sin que ella logre controlarlo, lo que ha provocado cierta hilaridad en unos compañeros que, de otra forma, nunca le habrían hecho reproche alguno. Pero esos cambios de tono resultan ahora graciosos, aunque no para Aura, que ya le ha mandado varios wasaps a la psicóloga pidiendo auxilio. Por desgracia, no hay ningún remedio más que el temporal, las hormonas terminarán haciendo su trabajo, aunque ahora un poco más despacio porque los impulsos masculinos buscan también encontrar lo que les correspondería dada la edad a la que está llegando Aura. La psicóloga la ha prevenido también de una posible batalla contra el vello facial, lo que ha torpedeado de nuevo sus intenciones. ¡Cómo aventurarse a buscar los labios de Tamara exponiéndose a arañarlos con unos cañones furtivos que nunca deberían haber brotado! Aura sigue sudando mientras Tamara empuja un poco sus hombros para convencerla de que ha llegado ya el momento de abrir la puerta.

Como un salvavidas caído del cielo una voz enérgica pregunta si hay alguien en el baño, instando a salir a quien sea. Aura, sin pensarlo mucho, tapa la boca de una Tamara que ya iba a dejar nacer una tenue carcajada. La voz se repite una vez más y es entonces cuando el miedo le da a Aura un último empujón, quita la mano y la sustituye por unos labios dubitativos que se acoplan de golpe sobre los de Tamara, quien no atina ni a retirar la cabeza ni a cerrar unos ojos que amenazan con explotar. El temblor de Aura se hace más intenso hasta que logra desaparecer de golpe, ambas separan sus labios y se miran con sorpresa, la misma con la que se recibieron en septiembre, la misma con la que Tamara acogió una primera vez la compresa que Aura le prestó, sabedora de sus habituales despistes, y que ella llevaba encima también para sentirse una más, para que las demás la vieran como una más. Su madre le vio cogerlas de su baño y no se atrevió a decirle nada; tal y como había predicho la psicóloga, llegaría un momento en el que Aura tendría que entrar en la rutina de lo femenino, acudiendo incluso a detalles que su transición no justificaría. En el fondo a la madre no le desagradó porque era como cortarle del todo la goma al antifaz, como quemar la máscara, aun sabiendo que el punto final de la transición habría de ser mucho más largo y doloroso, tan doloroso como lejano estaba ahora mismo.

Aura cede y abre la puerta sosteniendo la mirada penetrante de Tamara, que no ha atinado a lanzarle pregunta alguna. Las dos saben, aunque no recuerden bien ahora el tema de Biología, que viven tiempos revueltos en lo que a sexualidad hormonal se refiere. Las dos saben lo mucho que han estrechado sus lazos desde que arrancó el curso. Las dos saben que a lo mejor lo que acaba de ocurrir no está bien del todo, o quizá sí, porque ninguna de las dos se ha preocupado de empezar a juzgar, sólo se han preocupado de sentir. Lo que sí saben seguro es que deben abandonar el baño, porque estos cinco minutos que se les han hecho tan eternos pueden marcar la diferencia entre una hora de libertad junto al huerto o la formulación de un nuevo parte y la consiguiente y descomunal bronca de Julián, el ogro de las Matemáticas.

QUINCE MINUTOS

Zaida S. Terrer

«Como tantas otras veces, me arrastraba la espiral del silencio, que no consiste simplemente en callar. Consiste en, partiendo de una situación inmediatamente anterior en la que hablabas, dejar de hablar porque te sientes sola en tus motivos».

Lectura fácil, Cristina Morales

—Mamá, yo quiero ir a un grupo de gente normal.

(Eso me acaba de decir, los dos vamos por la calle, él subido a ratos en su patinete, yo andando deprisa para ir a su ritmo. Me descuadra, como otras veces me ocurría cuando era pequeño con sus rabietas desenfrenadas o su oposición recalcitrante al «no» ante cualquier cosa que quisiera hacer. No hay mucho tiempo, unos quince minutos hasta que lleguemos a las consultas externas donde tiene cita con su grupo terapéutico. Tengo la esperanza de que pueda ayudarlo encontrarse con adolescentes de su estilo. Le pregunto entonces yo).

— ¿Y qué es para ti ser normal?

(Mi madre a veces no se entera, me hace preguntas que se responden solas. Joder mamá, normal es normal, lo normal, lo que es la mayoría de gente que te cruzas por la calle. Yo, tú, el frutero, que no entiendes nada. En realidad, ya sé que soy un bicho raro, pero de ahí a tener que ir a ese grupo con esos que no conozco me da mal rollo. No me gusta hablar sobre mí, no me ha ido bien cuando lo he hecho. Antes lo contaba todo, pero se reían y así empezaron los capones, los motes. Qué mierda ese colegio, sobre todo la hora del patio. Los demás sabían qué hacer, hacia dónde moverse. Yo tocaba cosas, me iba a las escaleras a disimular, era un espacio seguro y dejaba de ver a mis compañeros. Prefería que ellos tampoco me vieran, no soportaba el fútbol y casi todos lo jugaban. El tacto de la portería era diferente, alguna vez me ponía de portero para poder tocarla, pero no me dejaban porque no paraba ni un gol. Mi madre luego me preguntaba y eso era peor, no sabía qué contar. Decido cómo contestarle ahora. Algo que me rente, que no se enrolle mucho, qué pesada es a veces).

—Quiero decir que donde voy, al grupo ese, son callados o lo mismo luego se enfadan con la psicóloga si les pregunta mucho, por lo menos pasan de todo y me dejan en paz. Pero ¿qué hago yo allí?

(No tengo tiempo de contestarte, hijo. Tengo que pensar cómo argumentar esto. Te diría que normales somos todos y ninguno. Que cada quién tiene su dosis de rareza, de singularidad. Y tú, desde luego, también, cuando ya de pequeño en tu manera de mirar interrogabas, cuando empezaste a andar de puntillas en un intento de flotar y elevarte del suelo, cuando pensabas que pronunciar palabras era convertirte en ellas y que en realidad solo existíamos si nos mirábamos. Yo misma ya decía «este crío no es normal», también empleaba mal esa palabra para referirme a quien es diferente o especial, como lo eres tú.)

—Sois personas diversas, como lo somos todos. Y te vendrá bien escuchar a otros parecidos a ti, pero distintos. Seguro que tendréis cosas de que hablar. Problemas similares.

(Ya está con la brasa de hablar de mis problemas. Si yo no quiero hablar de eso, es cosa mía, que voy allí porque me ha prometido algo que me guste, le sale la madre chantajista enseguida, pero prefiero darle la razón).

—Ah, vale. ¿Y cuando me regalas la suscripción a Fan?

(Su cabeza siempre en otro sitio. Seguro que allí dice poco, con lo bien que le vendría poder empatizar con los otros. Recuerdo cuando era pequeño y le preguntaba al salir del colegio qué había hecho en el recreo. Me decía que tocar la barandilla del patio y subir y bajar las escaleras, y entonces a mí se me hacía un nudo en un lugar indefinido mientras todo se nublaba, aunque hiciera sol, y conducía como si nada mientras una mueca de sonrisa forzada se instalaba en mi gesto, y le tocaba su mano pequeña, intentando en ese roce desvanecer la pesadilla de las horas del patio, cuando todos juegan y tú solo eres la sombra de un cuerpo solitario ¿Cuánto se puede llegar a sufrir a los siete años? Otras veces era peor y salía llorando, y me contaba que le habían roto su estuche de lápices o que le habían tirado el bocadillo a la papelera, y entonces se ponía la capucha en la clase para no ver a nadie y la profesora lo había echado por no querer bajársela. Y él me decía «mamá sácame del colegio, sácame de aquí». Y yo contestaba que no podía ser, que estábamos a mitad de curso y no tenía dónde llevarlo, pero me rebotaba en la cabeza esa frase, sácame de aquí, como si yo tuviera en mi mano poder para salvarlo de ese naufragio diario que era el aula de primaria, y no lo tenía, solo llamaba a la tutora en cuanto llegaba a casa o le escribía largos correos donde sentía que se me escapaba el alma y el dolor por ver sufrir así a mi hijo, y me contestaba que no había sido para tanto y que la capucha en clase no podía estar puesta, y lo más crudo de todo era escuchar «es que su hijo tampoco se queda corto, insulta a sus compañeros, no se relaciona», —pero qué querrá que haga si le tiran el bocadillo—, y a la mañana siguiente, los dos de nuevo dentro del coche hacia el colegio, yo repitiéndole como una letanía aquel juego inventado que se llamaba *Salir del infierno*, basado en cumplir unas normas a rajatabla y, si las cumplía, yo le garantizaba que no tendría problemas, todavía me acuerdo: saludar al llegar, mirar a los ojos al hablar, despedirte al marchar, no hablar continuamente de las mismas cosas, no mencionar política ni religión, no insultar, avisar siempre al profesor cuando alguien te moleste, no usar la fuerza física sino la palabra, escuchar a los demás. Y él las repetía conmigo, aunque me decía que el juego era muy aburrido, pero increíblemente funcionaba bastantes veces, hasta que nos cansamos de hacerlo y las agresiones llegaron a más, y él colapsó. Tengo que contestar a su pregunta).

—Pronto haré la suscripción, eso fue lo que acordamos si venías al grupo y yo cumplo mis promesas.

(Mamá, eso de que cumples tus promesas, tururú. Ni la mitad de lo que dices, luego tardas un montón, como cuando te pedí llevarme a comer a mi restaurante favorito y fueron más de seis meses, o las gafas de realidad virtual que nunca llegaron, mamá, siempre me quieres convencer con tus buenas palabras,» vamos hijo, que será bueno para ti», y yo estoy harto de ir a reuniones, a entrevistas, a psicólogos, bueno, el psicólogo vale, le gusta pintar como a mí y hablamos de series chulas Si yo estoy bien, me gusta ser así, no quiero que nadie hurgue más en mi vida. Mejor cambio de tema).

— ¿Sabes que me dijo el psicólogo el otro día? Que sea yo mismo, pero ¿quién voy a ser?, ya quisiera yo ser Tiger Woods o El Rubius, rico y famoso.

(No sé por qué te importa tanto el dinero, hijo, ¿por qué esta generación sois así, tan interesados en triunfar, ganar dinero, gastar continuamente? A veces parece que estamos en dos universos, como si nuestra casa fuera un agujero negro que conectara galaxias y pudiéramos contactar a veces para luego volver cada una a su trocito de espacio interestelar. Qué rara se me hace ahora esta lejanía, también la de tu cuerpo, cuando ha sido piel contra mi piel, conocía tus ángulos, tus heridas, y ahora no sé apenas nada de tu tacto. Es tan extraño eso, pero siempre pasa, la piel se aleja a la misma vez que el interior).

—Bueno, el psicólogo quería decir otra cosa, supongo. Que no te dejes llevar, que tengas tu criterio, yo creo que lo tienes. Vamos, que llegamos tarde. Lo del dinero me ha hecho recordar cuando de pequeño te gustaba que fuéramos a encontrar tesoros. ¿Te acuerdas?

(Era todo un número lo que hacían mis padres, cómo olvidarlo. Yo creo que se lo pasaban ellos mejor que yo. Mi padre se levantaba temprano y escondía por el campo cercano a la casa cosas brillantes y llamativas, alguna moneda, chocolatinas, y dejaba pistas evidentes con piedras y palos, las señales que, según me contaban, dejaban los piratas para esconder sus botines. Luego, yo los encontraba fácilmente pues me guiaban hasta ellos como por casualidad. Recuerdo el día que me di cuenta de todo porque a mi madre se le escapó y sabía lo que había dentro de una bolsa antes de abrirla. Pero no les dije nada. Era como verlos a ellos más pequeños que a mí. Y sentía algo que todavía me ocurre cuando mi padre me da palmadas en la espalda o mi madre me mira pensando que no me entero. Parece que les doy pena, mis putos padres intentando alegrarme el día o que no me enfade. Eso nunca se lo he dicho a nadie, ni al psicólogo).

—Me acuerdo mamá, me acuerdo. Pero lo de Fan que no se te pase.

(Que no se me va a pasar. Me gustaba que encontraras tesoros, verte reír. Era una manera de compensar las heridas escolares de la semana, supongo. Los padres siempre andamos rellenando huecos, tapando grietas, enluciendo, como albañiles emocionales. Pero las heridas del corazón a veces son abismos. No tenemos andamios suficientes o se nos van desmoronando con los años).

—Ya estamos llegando, recuerda pedir un justificante al salir.

(Que sí mamá, siempre lo pido, y siempre me lo dices. Me repites las cosas mil veces, y no soy sordo, ni gilipollas. Aunque no tengo muchas ganas de entrar, aquí por lo menos nadie me insulta. Me acuerdo la que lie cuando dije en el chat del colegio que me quería suicidar, aunque no sabía cómo, para dejar de verlos. Los llamé hijos de puta, cabrones. Os avisó la tutora muy asustada. Luego empezaron los psiquiatras, y todo lo demás. Mamá, yo quería desaparecer. Pero solo del colegio. Tú eres la que mejor lo sabes. Bueno, todo, todo no lo sabes. Me callaba cosas porque hablar siempre me traía problemas. Una vez dibujé una felicitación navideña a mi estilo, en blanco y negro. Me gustaba cómo había quedado y se la regalé a la profesora. La miró apenas y sin cogerla me dijo que tenía que ser en color, como todas las otras. Sin pensarlo, la hice pedazos y la tiré a la papelera mientras soltaba un taco. Me echó de la clase. Como esas no conté muchas, de todas formas, nunca se arreglaba nada. Solo quería desaparecer, no estar allí, salir de aquella jaula).

—Chao. Te quiero mamá.

(Ya me lo dices tan pocas veces... Me gusta oírlo. Me trae muchos recuerdos, como cuando naciste. Me mirabas con esos ojos grandes y yo me perdía entre las lianas de mi miedo y mi felicidad. Todo era selva entonces, dentro y fuera. Salvaje, inexplorada. Luego también. Ahora también. Seguimos siendo una especie de animal desorientado que busca una guarida, un espacio caliente y seguro donde reposar por fin de un largo viaje lleno de imprevistos, de días para olvidar, deseando vivir en un mundo donde no seas el raro, el diferente. Tú me decías siempre: no quiero que sepan nada de mí en clase, no quiero destacar, y te absorbías en ese silencio que te hacía parecer distante y distinto. Desde pequeño, cada cumpleaños tuyo o al que te invitaban era una escenografía donde acababas como protagonista de lo que no era correcto, de lo que se salía de su sitio, de lo que chirriaba. Los demás padres y madres podían desentenderse de sus hijos y hablar entre ellos, mientras yo, disimuladamente, miraba hacia donde tú te encontrabas y no podía escucharlos, ni relajarme, porque sabía que en cualquier momento surgía la disonancia. Ha sido muy difícil acostumbrarme a esas notas que perturban un momento corriente, donde todo el mundo disfruta y fluye. He comprendido lo que muchos de tus profesores y compañeros no han podido entender durante muchos años, sé que no es fácil, pero cuando tú me decías que odiabas el colegio y preguntabas por qué no dejabas de ir a clase para estudiar en casa, aunque no te lo dijera, sé que tenías razón. Los equipos de orientación no han funcionado, las adaptaciones tampoco, los protocolos tan bien redactados, que he repasado mil veces, se han quedado en palabras. Tu angustia, mi angustia, la angustia de tu padre, los fracasos, las tutorías, las llamadas al centro, las cartas, tu angustia, mi angustia, la angustia de tu padre. Ese bucle que durante años hemos vivido los tres sin encontrar la manera de escapar de ahí. Sobre todo, la manera de que escaparas tú. Ahora te miro de espaldas, atravesando esa puerta. Sonrío mientras te alejas. A lo mejor ya estás escapando).

El ORIGEN DEL MUNDO

María Engracia Sigüenza Pacheco

«Si su propia juventud volviera a aparecer ante ellos, les horrorizaría o simplemente no la reconocerían; pasarían de largo y dirían: «Ese amor, esos sueños, esa pasión, no tienen nada que ver con nosotros.» Su propia juventud…Entonces, ¿cómo van a comprender la de otros?»

Iréne Némirovsky, El ardor de la sangre

Se levantó temprano, después de una noche sin sueño. Había tomado una decisión y simplemente se dejó llevar.

Su padre apenas le dirigía la palabra y su madre, después de sermonearla, se había mantenido distante toda la semana, mirándola con ojos vidriosos, sin saber cómo abordar aquella situación.

Nadie intentó abrazarla, tampoco su hermano, que parecía enfadado con el mundo. No tuvo un hombro sobre el que llorar, tan solo su almohada. Y ya no le quedaban lágrimas.

Se vistió sin mirarse al espejo; ahora más que nunca odiaba su cuerpo.

No quería volver a clase. Llevaba una semana sin asistir, desde que la foto había empezado a circular.

Nunca pensó que él fuera capaz de algo así, y tampoco sus amigos.

Ni siquiera sus dos mejores amigas habían podido ayudarla.

Nadie había detenido aquella humillante cadena.

......

Salieron de la iglesia y, como todos los domingos, eligieron uno de los mejores bares de la ciudad para tomar el aperitivo.

—Un Martini y una ensaladilla de marisco —le dijo la mujer al camarero.

Eran dos parejas de mediana edad. Las mujeres vestían ropa de marca, aunque no demasiado cara, y lucían joyas discretas, combinando el oro con la alta bisutería. Los hombres se adecuaban a sus parejas: trajes de chaqueta de estilo informal, pero de calidad, «La calidad es la calidad», les gustaba decir, «No es cuestión de marcas, sino de calidad».

Las dos parejas tenían un solo hijo. Ambos eran amigos y asistían a la misma clase de primero de la ESO en un colegio concertado de la localidad. Los dos permanecían en la mesa, tomando un refresco y jugando con los móviles, como siempre.

Todo parecía sincronizado, aparentemente confortable y seguro.

—Esta crisis tenía que llegar —comentaba uno de los hombres—. No se ha puesto límite a los abusos. Abusos en las medicinas, en la atención sanitaria, en los Servicios Sociales, y esto es un caos. La gente que lo tiene todo gratis no sabe apreciarlo y abusa, es de cajón. Y además, en ningún país sucede lo que pasa aquí, eso de que algunos turistas vengan a operarse, o que entren miles de africanos en pateras, muchos de ellos delincuentes y violadores, en fin, un desastre...No podemos seguir así, vamos a ir a la ruina.

—Y las mafias, toda esa gente de los países del Este que están dejando que campe a sus anchas –añadió su mujer.

—Pues en los colegios también sucede —replicó su amiga—, ahora tienen más derechos los inmigrantes que los de aquí, todos tienen becas de libros y de comedor, y muchas familias españolas que lo están pasando mal se quedan fuera. Hacen falta políticos que terminen de una vez por todas con esta situación.

La conversación, desde la llegada de la crisis, seguía un ritual: siempre empezaban hablando de la situación general y continuaban con la local hasta llegar a algún acontecimiento de su entorno más cercano. Aunque casi nunca hablaban de su vida personal.

Ni siquiera con los amigos, que no faltaban en las fiestas familiares y que siempre acudían a los tanatorios cuando moría algún ser querido, compartían su intimidad, aquello que alguna vez pudiera torturar sus corazones.

Actuaban como si creyeran que la brújula invisible y poderosa que los guiaba desde el momento de nacer fuera a protegerlos siempre.

Cambiaron de asunto, aunque el tono de la conversación continuó.

—¿Y a qué curso va esa niña de la foto? —le preguntó el padre al hijo.

—A tercero de la ESO, creo que la he visto alguna vez en el patio —respondió él.

—¡Qué vergüenza!, qué idiotas son algunas niñas, y a saber cómo serán sus padres. Por cierto, ¿quiénes son?, ¿los conocemos?

—No sé, pero podemos enterarnos. Deben estar muertos de vergüenza, sobre todo ella —dijo el otro chico.

—¿Vergüenza? Esa no tiene vergüenza, ni la conoce. Eso era antes, nosotras teníamos vergüenza, ahora a las chicas les da todo igual; sus padres sí que estarán avergonzados. Aunque no sé, alguna culpa tendrán ellos. Si ocurre esto en un colegio religioso, imagínate qué no pasará en los públicos —añadió su madre.

La conversación terminó enseguida. Se acercaba la hora de comer y aún tenían que aclarar dónde quedarían para cenar el viernes siguiente.

Al final, se decidieron por un restaurante un poco caro, pero con un marisco excelente.

......

Se hizo aquella foto, sola, en su habitación, y por primera vez en mucho tiempo se encontró hermosa.

Llevaba tres meses saliendo con un chico de primero de Bachiller. Siempre le había gustado, desde Primaria, y cuando empezaron a hablar en el patio, se puso tan nerviosa que temió que él lo notara.

Quedar en el recreo se fue convirtiendo en una costumbre, y también volver a casa juntos.

Cuando las clases terminaban, se entretenían paseando o sentándose en algún parque donde compartían caricias y jugaban con el móvil, entrando en las redes sociales o navegando por internet.

Él no paraba de repetirle que era muy guapa, que le gustaba mucho su cuerpo, que no tenía nada que envidiar a esas influencers que tanto admiraba ni a sus compañeras de clase con las que siempre se comparaba.

Una tarde le dijo que se parecía a Cristina Aguilera, y le enseñó una captura de pantalla de la cantante que había sacado de internet y que le encantaba.

Desde ese momento, casi todos los días le decía que quería tener una foto así, que se había enamorado, que soñaba con ella. No dejaba de insistir, y se enfadaba porque no le respondía, y mucho más si le pedía que parara cuando la acariciaba, hasta el punto de ignorarla al día siguiente en el patio, y no esperarla a la salida de clase.

Ella no sabía qué hacer, no quería perderlo, le gustaba demasiado, y no dejaba de mirar la imagen que él le había mostrado: la cantante aparecía desnuda sobre un fondo de sábanas blancas; ¿sería posible que se parecieran?, se preguntaba. La foto era preciosa: el cuerpo de la artista brillaba como una joya; como aquella imagen de Marilyn que había visto en las revistas de cine que compraban en casa.

Fue entonces cuando recordó la conversación que había escuchado una vez a las amigas de su madre: «Las mujeres debemos vencer nuestros miedos, debemos alcanzar la libertad que siempre han tenido los hombres...» Ella solía espiarlas cuando quedaban en casa para tomar café, y después se encerraba en su habitación y navegaba por las redes admirando las vidas de las chicas que seguía en Instagram o en TikTok, sus viajes, sus actividades tan interesantes; su libertad.

Igual que sus artistas favoritas. Porque Miley Cyrus, Rihanna o Beyoncé parecían tan libres, tan poderosas en aquellos maravillosos vídeos de YouTube.

Todas esas imágenes se le habían metido muy dentro, hasta colonizar su mente. Ahora no pensaba en otra cosa: quería demostrarle a él, y a sí misma, que aquello era verdad; que ella también podía ser fuerte, hermosa y libre.

Se hizo la foto en su cama. Atenuó la luz del flexo, puso el teléfono en el escritorio y encendió el temporizador. Tuvo que hacerse muchas hasta decidirse por una: desnuda, tapándose el pecho con una mano y el pubis con la otra, con el pelo largo y brillante recién planchado, mirando al móvil con una expresión extraviada y una sonrisa forzada. Una, otra y otra...

En esa vorágine de imágenes, ardiendo por dentro, aquella noche consiguió olvidar sus complejos y sus ganas de desaparecer. Aquella noche quiso ser, aunque solo fuera por un momento, una de esas chicas populares y admiradas a las que envidiaba en secreto.

Y le envió la foto sin pensarlo, en un arrebato.

Se la regaló a él, sólo a él, junto a un mensaje de amor que pretendía ser audaz, y que en el fondo solo demostraba su ingenuidad, su inocencia.

Con el móvil en la mano, empezó a temblar mientras esperaba su reacción. Enseguida le contestó: primero con emoticonos de admiración, de besos, de corazones, después con mensajes de amor. Ella le dijo que aquello era un secreto entre los dos, que confiaba en él. Y siguieron y siguieron, no dejaron el teléfono hasta que el cansancio los venció.

Al día siguiente su móvil empezó a sonar a media mañana y durante todo el día se convirtió en un calvario. Sus amigas la llamaron advirtiéndole que estaban pasando su foto, preguntándole qué había hecho. Le llegaron mensajes de WhatsApp de chicos a los que apenas conocía. Mensajes obscenos, ofensivos.

Lo llamó enseguida, discutieron, colgaron, se mandaron mensajes:

«Borra la foto, por favor...Borrad la foto...»

«No ha sido culpa mía, mi hermano me ha cogido el móvil, el muy imbécil...»

«Por favor, por favor...»

Al final dejó de pedirle explicaciones a él, que ya no sabía qué contestarle, que quizá la estaba engañando; a sus amigas, que decían que no podían hacer nada.

Apagó el móvil y pasó el resto del sábado llorando en su habitación, sin dejar que entrara nadie.

Sus padres se fueron a cenar preocupados, como casi siempre en los últimos dos años. Lo solían comentar con los amigos, pero todos terminaban restando importancia a la cuestión; al parecer era inevitable que la juventud estuviera enganchada a las nuevas tecnologías. No se podía luchar contra el progreso, afirmaban resignados.

......

No había ido a clase en toda la semana.

La vergüenza era insoportable, se estaban burlando de ella. ¿Cómo iba a volver a salir a la calle? Solo quería morirse, desaparecer para siempre.

Habían llamado del instituto y sus padres tuvieron que ir a una reunión convocada por el director.

En el despacho de dirección también se encontraba la orientadora y la tutora. Fue la orientadora quien inició la entrevista intentando rebajar la tensión que se respiraba en el ambiente. Les habló de la complejidad de la adolescencia, del problema añadido del mal uso de las nuevas tecnologías, de la necesidad de trabajar esos temas en las tutorías... Pero el director la interrumpió y se expresó con contundencia: «En este centro no se pueden permitir comportamientos de este tipo, los padres tenemos la responsabilidad de controlar a nuestros hijos, y con más razón en los tiempos actuales. Debemos estar más presentes que nunca, y pensar muy seriamente qué valores morales queremos transmitirles. Cuando actúan mal han de tener un castigo, yo les aconsejaría que le quitaran el móvil, al menos durante un tiempo, y por supuesto no puede seguir faltando a clase».

La tutora intervino en términos parecidos, aunque se mostró más comprensiva. Ella sabía lo difícil que era entenderse con los chicos y chicas de hoy en día, les dijo. «Pero todos estamos en el mismo barco», terminó.

Y se despidieron con aparente cordialidad.

Cuando los padres salieron de la reunión cargaban el peso de la vergüenza y la culpabilidad. Se preguntaban qué habían hecho mal, qué debían hacer.

Los días siguientes fueron un infierno para toda la familia.

Y aquel lunes la habían obligado a volver a clase.

Se alisó el pelo, sin detenerse demasiado en contemplar su cara demacrada.

Su hermano, que estaba en segundo de Bachiller y esa mañana entraba un poco más tarde, se removió inquieto en su cama.

Sus padres tampoco dormían; no se habían levantado, pero la oían prepararse en silencio.

Su madre, con voz temblorosa, le dijo desde su habitación: «Te he dejado un sándwich en la nevera, y toma algo, no te vayas sin desayunar».

Ella no contestó.

Salió de casa con su mochila al hombro, pero dentro no llevaba las asignaturas que tocaban ese día, sino unos pocos libros elegidos al azar y las pastillas que le había cogido a su madre.

Caminaba sin vitalidad, arrastrándose cabizbaja, como si su joven vida fuera una carga enorme sobre su espalda.

......

«El odio duele, pero es un sentimiento humano. Yo estoy lleno de odio, y no me arrepiento, quiero sentirlo aunque me consuma. Odio a todo el mundo, estoy harto de tanta falsedad. Y no puedo estudiar, no puedo concentrarme. Anoche al volver del hospital... La imagen de mi hermana inconsciente...» El chico rompió a llorar.

Su tutor, que lo escuchaba en silencio, se levantó, y con cariño le puso la mano en el hombro. La mantuvo así, mostrándole su afecto, hasta que el muchacho se calmó. «Tu hermana se pondrá bien, ten confianza», le dijo, y después le aconsejó que fuera a hablar con la orientadora; «Simplemente hablar, como has hecho hoy conmigo».

Cuando el chico salió, el profesor se quedó un rato en el despacho rememorando todo lo ocurrido: los comentarios, las discusiones, las reuniones... La impotencia.

De pronto, le vino a la memoria un viaje de estudios a París, cuando en el Museo de Orsay, ante aquel cuadro tan famoso, estallaron las risas. «¿Cómo era el nombre? Ah, sí, recordó: *El origen del mundo*, de Courbet».

Miró por la ventana y contempló a un grupo de chicos y chicas de Secundaria que hablaban y reían en el patio. Observó sus caras picadas por el acné, sus cuerpos frágiles, todavía a medio hacer, y sintió una compasión infinita.

Cuando sonó el timbre, ya había decidido qué temas quería tratar en la próxima tutoría.

LAS MUJERES DE ALTAMIRA

Lola Rontano

Nuestros antepasados fueron todos hombres. Ellos nos concibieron, nos cobijaron y nos dieron a luz, según los carteles.

—Hija mía, el mito de la concepción femenina es más reciente, de cuando decidieron dejarnos esa tarea —me replica mi madre, historiadora jubilada.

Seguimos leyendo: «El hombre de Altamira se agrupó en bandas, desplazándose por el territorio para cazar animales, recolectar, pescar y mariscar. Cuidó a sus enfermos...» Aquí se le escapa la risa, «enterró a sus muertos con complejos rituales y creó bellísimas obras de arte». Otro cartel insiste: «Con el hombre comienza la historia. EL HOMBRE desarrolló un cerebro grande y complejo, dotado de una inteligencia hasta entonces desconocida, que hizo posible la cultura».

—Alguien se haría cargo de la alimentación de las criaturas, de las personas enfermas o incapacitadas —comenta ella—. Está muy feo que se las silencie de esa manera.

—El mundo es injusto... Desde que es mundo, bien que se ve.

—No, no te equivoques —me dice mirándome muy seria—, en el pasado ha habido sociedades diferentes donde no existían jerarquías ni dioses ni religiones. Pueblos que no se hacían la guerra, que no tenían armas —concluye, agarrándome del brazo—. Vamos a la siguiente sala o no nos dará tiempo a ver todo. Fíjate —me dice ante un expositor con bifaces y puntas de sílex— que hay una relación entre el juego, la lucha y la fiesta con actividades como la caza, la guerra, el gobierno, la religión o el deporte.

—Actividades exclusivas de ellos, hasta hace poco.

—Sí, y además, poco tienen que ver con lo que entendemos por currar en sentido estricto, ¿no te parece? Son los típicos puestos de «yo ordeno y mando».

—Pues sí.

—Pero eso no es trabajo —insiste ella, levantando un índice y negando—. Eso es juego, ritual, diversión, muestra de poder... Hay quien dice que el juego es justamente el fundamento de nuestra cultura. Pero habría que tener en cuenta por qué dejó fuera a la mujer.

—¿Tú qué crees?

—Te lo he dicho antes, cariño. Alguien —dice subrayando mucho la palabra— tenía que hacerse cargo de las criaturas, de tener la comida a tiempo, de mantener bonita y en orden la cueva, de cuidar a los mayores... ¿Te das cuenta? Estar libre de esos compromisos les permite a los hombres el ocio necesario para hacer deporte, escribir, filosofar, diseñar o componer sin que nadie los moleste. Ni los cuestione. Ahí tienes el origen de la opresión de la mujer.

—Nunca lo había pensado.

—Claro. De eso no se habla, no interesa. Ellas se ocupaban de la vida y ellos, del juego. Llámalo religión, guerra o deporte, pero al final es algo que no está conectado con la vida, con nuestras necesidades del día a día. Esta cultura —dice poniendo los dedos de la mano como si fueran unas comillas— sólo puede existir si las mujeres somos eliminadas simbólicamente, o sea, si nos quedamos en la cueva.

Me cuenta todo esto mientras observamos unos dibujos que reproducen un grupo de mujeres recolectoras. Una de ellas, embarazada, nos está mirando.

—Nuestra cultura —continúa mi madre—, con sus mitos fundacionales, es cruel con las mujeres. El mito de Europa, por ejemplo, se asienta en una violación, y la fundación de Roma en el rapto de las Sabinas. ¿Te acuerdas? Siempre hay una serpiente o dragón al que matar, que es el deseo, la libido femenina. A las estatuas de las mujeres prehistóricas como esta —me dice señalándome una escultura femenina con pechos, panza y caderas exagerados— se las cataloga de Venus y de diosas para negarles su condición verdadera, la de mujeres de carne y hueso. En fin, de eso van las religiones y el patriarcado.

—Y ¿de qué van? —pregunto intrigada.

—Pues de negar la vida y de afirmar el poder.

A la neocueva nos hacen pasar en remesas de veinte personas y nos recibe un vídeo explicativo. A continuación nos sueltan en la entrada desde donde se baja hasta la sala de las pinturas. Nosotras nos concentramos en ignorar a la gente haciéndose fotos en cada rincón y el estruendo de los niños correteando por las pasarelas.

—La fauna de Altamira es picassiana —comento frente a los bisontes rojos esparcidos por el techo—. O más bien al revés. Está claro que sus minotauros salieron de aquí.

Después de los colores, lo que más me llama la atención en este subterráneo son los volúmenes del techo, los bisontes enroscados sobre sí mismos que sobresalen como plafones. Observo con intriga símbolos, ojos, pezuñas, cornamentas y crines erizadas. Al fondo de la cueva, mi madre me señala el original de un póster que tenía de pequeña en mi cuarto, la Gran Cierva... La mamá de Bambi, como me decía entonces. En el aparcamiento, además del solazo de mediodía, nos encontramos con un altercado. Se escuchan unas voces furiosas y se ha formado un corro en torno a tres parejas, todos muy bien trajeados, pero con aspecto desencajado: encabritadas ellas y a punto de embestirse entre ellos. La crispación se percibe en los surcos de sudor de sus camisas azules perfectamente planchadas. Están discutiendo a grito pelado porque al parecer el Mercedes de uno ha topado al Audi del otro. El personal de seguridad y los responsables de cafetería tratan de poner paz. «Que les den morcilla», murmura una señora. «Aparcan de cualquier modo», opina otro. «Nuevos ricos», masculla un vejete envarado, vestido con polo de marca y pantalones blancos, del brazo de una ninfa septuagenaria. De repente, el tono de los comentarios se hace más bronco, las partes se agitan lanzando comentarios feroces. Una voz se alza: «¿¿¡Son catalanes!??» El dato se propaga en ondas concéntricas y regresa al núcleo como un boomerang, desatando odios atávicos. Decido salir de allí cuanto antes. Le digo a mi madre que me espere a la sombra de un árbol, lejos de la marabunta, y yo me voy a toda prisa a buscar el coche, que dejamos en el único sector libre, a unos doscientos metros. En el camino me cruzo con un par de coches patrulla, que llegan accionando la alarma. Nadie se mueve porque todo el mundo quiere salir al mismo tiempo. Y se ha montado un pandemónium por culpa de los cláxones.

—Se está liando parda —me dice un chico con bigotito, vestido con camisa a cuadros, piratas y sandalias, que camina a mi lado.

Su compañera, una pelirroja tatuada y descalza, está preparando una infusión en la furgoneta aparcada delante de nuestro coche. Siguen llegando nuevas unidades de policía, que no pueden avanzar.

—No vas a poder salir con semejante bulla —me comenta ella, trenzándose un mechón violeta.

—Pero tengo que recoger a mi madre, se ha quedado en la entrada —le digo fijándome en la ardilla que lleva tatuada en el hombro, bajo el mechón.

—¿Quieres un té? —me ofrece la chica. Mientras nos presentamos, acude también la policía montada. La carretera de acceso a Altamira sigue bloqueada por una fila de coches.

—¿Qué está pasando?

—Cada verano es peor —comenta Pablo.

—Nosotros ya no sabemos dónde meternos para huir de la gente —añade Nieves.

Me termino la infusión, que sabe a limón y hierbaluisa, pensando en volver a pie.

—Venimos de Bulgaria. Nos hemos hecho Europa en diez días. Mañana tengo que estar en Galicia para retomar el curro —suspira Nieves.

—Somos enfermeros —aclara Pablo.

—¡Ah, pero qué bien estamos! ¡Ya te podía estar esperando! —bromea mi madre, a mi espalda.

Llega sofocada, junto con un grupo de jóvenes scouts que huyen del tumulto.

—Ya ves cómo está la carretera.

—Por eso me he venido a patita, con toda esta juventud.

—¿Qué ha pasado?

—¡Se ha desprendido el techo de los polícromos! —exclama un señor con gafas, barba de chivo y camisa larga—. ¡Ha escapado toda la manada!

—¿Hay heridos? —pregunta Nieves.

—Los bóvidos embisten a los coches —dice otro—. Hay ciervos, jabalíes y caballos al trote. Hasta han visto un león rampante.

—¡Mirad! —exclama Pablo, señalando el cielo—, ¡un águila! En efecto, un águila negra gira sobre nosotros.

—¿De dónde ha salido ésa?

—¿De la cueva?

—¡Del castillo!

—¿De qué castillo?

—¿Pero no decías que no hay castillos en Cantabria? —le pregunto a mi madre.

—¿Y San Vicente de la Barquera, señora?

—No, esa se ha escapado de alguna bandera —dice otra, con ganas de provocar.

De pronto, empieza a propagarse una polvareda rojigualda en torno al bosque y a los montículos que rodean Altamira, como si alguien hubiera preparado una pócima.

—¡Están ahí! ¡Están ahí! —grita una mujer con las mejillas y la nariz quemadas.

Guardia civil, policía nacional y manadas de turistas llegan en estampida, dando tumbos entre los coches y los autobuses, hasta lograr cobijarse. Hay gente que directamente se lanza encima de los capós, dejándolos abollados. Entre los bramidos y la berrea, oímos estallar algunos parabrisas. Por detrás de la turba, en mitad de la nube de polvo, aparecen los polícromos. Un terror ancestral me sacude las entrañas. Empujo a mi madre y nos encerramos dentro del coche. Los antropomorfos nos ocultan buena parte de lo que está sucediendo en la calzada. La guardia civil los está corriendo con sus capotes. A salvo de cornadas, tricornios y porras, enciendo la radio en busca de noticias: Arco Fm, la emisora local, alerta de grandes bóvidos concentrados en torno a Altamira que se dirigen hacia Santillana de Mar, atestada de turistas a esta hora. En Liendes se ha movilizado un destacamento voluntario de cazadores. Por otra parte, el PACMA está animando a todas las personas simpatizantes de la causa animalista a boicotear una partida que califican de grotesca y cruel. Entretanto, el gobierno cántabro se ha reunido tratando de buscar una solución. Empiezan a sonar detonaciones. Un grupo de neandertales, armado de fusiles y arcos, hace su aparición.

—¡Despejen, señores! ¡Tiramos a matar! —gritan mientras avanzan al paso, acompañados de hordas de perros excitados.

Visten pantalones por la rodilla, viseras, camisas y camisetas que dejan al descubierto nucas quemadas, racimos de músculos y la pelambre de las pantorrillas.

—¿Estáis locos? —los increpa alguien—. Podéis herir a alguien.

—¡Dejad en libertad a los perros! —gritan unas niñas.

—No tenéis ninguna licencia para estar aquí —les espeta mi madre, bajando su ventanilla.

La escuadra avanza sin hacer caso, pero alguno se demora discutiendo con el grupo de scouts que gritan desde las ventanas del autobús. Un soberbio ejemplar de *Homo heidelbergensis* responde a las palabras de mi madre:

—¡Me paso por el forro los permisos de caza del gobierno! Yo, mi primer jabalí, lo maté con quince años, ¡y borracho! —. Suena un abucheo generalizado.

—¿Borracho el jabalí o tú? —bromea mi madre.

—¡Mamá, sube la ventanilla!

—¡Dejad en paz a los animales! —le dice un chavalín de no más de diez años.

—Yo salgo y saldré a cazar donde y cuando se me antoje —insiste el cazador, sacando pecho—. ¡Aunque sean lagartijas! Adiós, preciosidades — se despide, saludando al grupo de adolescentes.

Luego, volviéndose hacia el cielo, dominado por el águila negra, levanta el fusil, apunta y dispara. Pero el águila escapa. El griterío se funde con el ruido de dos helicópteros de la policía nacional, por los que se descuelgan unos guardias soplando silbatos, moviendo brazos, instándonos a circular. La gente sigue paralizada, fotografiando y haciendo videos a la última remesa de corzos y de ciervos que cruza la calzada, dando brincos entre los vehículos. Tras ellos, parece que se ha restablecido por fin el tráfico rodado.

De Altamira empiezan a salir coches y furgonetas abollados avanzando al ralentí, con la pintura cubierta de signos indescifrables y de manos pintadas en negativo. Al volante, reconocemos a las mujeres primitivas, que se han liberado.

DIARIO DE UNA SUPERVIVIENTE

Ana Fructuoso

A Ana N.

«Nadie puede entender completamente
el dolor de otra persona,
pero siempre podemos estar allí
para apoyarnos mutuamente»

Tokio blues, Haruki Murakami

«La realidad es un líquido
que siempre encuentra la grieta»

Dicen los síntomas, Bárbara Blasco

Alba, mi compañera de pupitre, ha visto la cicatriz de mi muñeca: la pulsera de cuero que la oculta y que casi nunca olvido ponerme, hoy se ha quedado en la mesilla de noche. Debo ser más cuidadosa, no puedo relajarme tanto.

Ella no ha dicho nada, pero me ha mirado con los ojos muy abiertos e interrogantes, forzosamente, he tenido que darle una explicación.

—Esto es ya pasado -le he dicho, mientras me bajaba las mangas del jersey y las agarraba con los dedos.

—Todos tenemos un pasado, no te preocupes —me ha contestado ella, y me ha guiñado un ojo.

Su respuesta me ha sorprendido, no la esperaba porque creo que es complicado llegar a entender cómo dos personas de doce años, como nosotras, pueden tener ya un pasado o, al menos, un pasado lo suficientemente pesado para llevarlo a cuestas con dificultad.

Alba y yo nos conocemos desde hace solo unas semanas, cuando mis padres me cambiaron a este instituto para alejarme de algunas personas tóxicas que hicieron de mi vida un infierno en el centro anterior, pero hemos congeniado, algo que nunca es fácil para mí. Es posible que nos una eso, que tenemos una historia que todavía desconocemos la una de la otra.

El primer día que llegué, nuestra tutora de primero de la ESO levantó al compañero de pupitre de Alba para cambiarlo de sitio y dejar el hueco para mí. Nada más sentarme a su lado, me recibió con una sonrisa amplia, limpia, cálida, y pronuncio la palabra mágica: «bienvenida». Me sentí tan extrañada por aquel acogimiento que las lágrimas casi se me escapan.

¡Me siento tan feliz en este nuevo instituto!, bueno, la medicación que tomo también debe influir, y este estado de ánimo positivo debe ser la causa de que haya descuidado un poco mis hábitos de ocultamiento. Olvido rutinas diarias como son no dejar, bajo ningún pretexto, ver mis brazos llenos de cicatrices y moretones por los cortes, golpes y pellizcos que me auto inflijo; por eso, siempre llevo manga larga, hasta en pleno verano. También suelo usar gorras, gorros, incluso sombrero, porque otro de mis vicios autodestructivos es arrancarme cabellos de la coronilla mientras estudio, lo que ha provocado una calva evidente, como si fuera un seminarista del siglo pasado, pero es que me relaja tanto hacerlo y siento que lo que estudio lo retengo con más facilidad.

Hubo una época, no muy lejana, en que me dio por ingerir cosas no comestibles, como tiza, o goma de borrar. Me encantaba esa textura de la goma que se somete a mis dientes con sumisión, formando una arenilla suave y esponjosa, las hay incluso con sabores, como las que llaman «de nata», pero las cuadradas de Milán, por su textura, son mis preferidas.

Darle tragos al vinagre también me provoca un inusitado placer, ese hormigueo en la nariz que me hace estornudar y derramar alguna lágrima, por su extrema acidez, me produce una gran satisfacción.

Esto mío va por rachas, en ocasiones la vida fluye serena, despacio, como si fuera un río caudaloso que desciende lentamente por la llanura hacia el mar, y olvido estas manías extrañas e inconfesables, pero cuando me aflige la ansiedad, el dolor, la tristeza, la angustia, el pánico, (ya estoy familiarizada con estos términos definitorios de mi enfermedad que aparecen en mis informes médicos), o todo a la vez, el único alivio es buscar otras preocupaciones, otro malestar, otra aflicción que me evada de ese intensa e insoportable sensación que no me deja vivir. Mientras pienso en el dolor de un golpe, o en el escozor de un rasguño, me olvido de este otro, etéreo, que no se ve, pero que se me clava en el mismo centro del alma y me quita las ganas de seguir viviendo, y me incita, con su vocecita llorona de niña asustada, a saltar por la ventana si me asomo a ella; a meterme en la bañera llena de agua y cortarme las venas hasta desangrarme; o a tomarme el tubo entero de Lorazepam que mi madre guarda en su mesilla de noche para poder calmar la ansiedad que le produce tener una hija como yo.

Algunas de estas prácticas «curativas» las he aprendido en las redes. Si sabes dónde buscar, encuentras videos en los que te explican cómo llevarlas a cabo, cómo evitar que te descubran y, por supuesto, cómo ser la reina del disimulo.

La gente siempre me ha considerado una persona rara, fuera de lo normal, y eso que yo intento que no se me note. Busco y rebusco en las tiendas de ropa usada modelos de camisetas de manga larga que sean finas y ajustadas y no me den calor; gorros y gorras lo menos llamativos posible, pero el hecho de llevarlos ya es bastante estrafalario.

Cuando empecé hace unos meses en el anterior instituto pasó algo que hizo empeorar mi estado emocional, y lo que empezaba a controlar con medicación y con ayuda de mi psiquiatra, también de mis padres, he de reconocerlo, se vino abajo.

Conocí a Águeda y a Paola el primer día de clase. Yo me senté sola en un banco, el penúltimo de la fila. Se sentaron justo detrás de mí, parecían simpáticas, y a la hora del recreo me invitaron a salir con ellas. Al principio me sorprendió, la gente no suele acercarse a mí por propia iniciativa, mi aspecto no les resulta atractivo a los demás, mi forma de vestir puede parecerles grotesca, mi delgadez, mi mirada esquiva que suplica a gritos que me dejen en paz. Pero yo quería empezar con buen pie, así que fui con ellas, confié, me esforcé en ser sociable, en abrirme un poco a los demás.

Todo parecía ir bien con mis nuevas compañeras, pero a los pocos días, la profesora de lengua nos mandó hacer un trabajo sobre un texto que habíamos leído en clase. Teníamos que investigar algo sobre la vida y obra del autor, y hacer un comentario sobre el mismo. Un compañero que me conocía del colegio y seguramente pensó que hacerlo conmigo era garantía de éxito, me preguntó si lo hacíamos juntos. A nosotros dos se unió también otra chica. En los siguientes recreos optamos por ir a trabajar al aula de estudio, en la biblioteca del centro, ya que en esta aula hay algunos ordenadores. Pues bien, a mis compañeras del banco de atrás, al parecer, no les sentó bien que aceptara hacer el trabajo con otros. Yo no creo que tuvieran ningún interés en mí, en mi amistad, ni que se sintieran dolidas por no haber optado por ellas para hacer el trabajo, pienso, por el contrario, que solo querían encontrar una excusa para torturarme, que esa había sido la finalidad conmigo desde el principio, encontrar el momento, la fisura para hincar la aguja, y la encontraron con el pretexto de que yo las despreciaba y me iba con los empollones para hacer los trabajos o estudiar apartándolas a ellas. Una patraña. Debieron calarme nada más verme, el primer día, vieron en mí la víctima perfecta que buscaban.

Comenzaron por hacerme el vacío. Si les hablaba, no me contestaban. Las escuchaba cuchichear y reírse a mi espalda para hacerme pensar que se burlaban de mí. No entré al trapo, las ignoré, pero mi actitud de indiferencia las provocó aún más.

Se hacían las remolonas al salir de clase, me esperaban en las escaleras y cuando pasaba me ponían la zancadilla o me empujaban, en más de una ocasión me hicieron caer y llegué a hacerme daño, no sabían, pobres ilusas, de mi capacidad para aguantar el dolor. Me quitaban el almuerzo o me derramaban el zumo dentro de la mochila, me ensuciaban los libros y las libretas con chocolate, paté, chorizo. Me amenazaban con que me esperarían en la calle para darme una paliza si las delataba. Al cabo de varias semanas así, entré en crisis. Mi locura empezó a fluir de nuevo como si se hubiera abierto la espita del gas. Soy demasiado vulnerable y permeable al ambiente que me rodea, y la única solución que encuentro para sentirme mejor es formar una coraza a mi alrededor y aislarme, pero eso a veces no es posible. Me gusta estudiar, soy buena en eso, quiero superarme cada día y para eso tengo que ir al instituto, luego a la Universidad, y en el mundo hay personas con las que no tengo más remedio que relacionarme, aunque me cueste.

Empecé con los vómitos habituales, a buscar gomas de borrar por los cajones como si de una droga se tratara, a cortarme con cuchillas de afeitar o con lo que fuera, a darme pellizcos calculando hasta dónde era capaz de aguantar.

Una noche me desperté muy asustada, el corazón me latía muy deprisa, no podía respirar, creía que iba a morir. Fui derecha al baño, sin hacer ruido. Cerré con pestillo y busqué algo con lo que auto infligirme dolor, debía ser algo más intenso de lo habitual, algo que me sacara de aquel estado de pánico insoportable. Y la cuchilla fue directa a la muñeca, como si tuviera vida propia, entró en la carne igual que una tarjeta encaja en la rendija del cajero automático, apenas sentí dolor, estaba como ida. Me metí en la bañera, abrí el grifo, cerré los ojos y ya no sé lo que pasó después. Cuando desperté estaba en el hospital.

Conocía más o menos el procedimiento, no era la primera vez que me ingresaban y, en parte, estaba agradecida. La medicación que me proporcionaban en estos casos me hacía sentirme mejor; me tenían aislada, solo estaba en contacto con el psiquiatra, con una psicóloga que pasaba todos los días a hablar conmigo y con las enfermeras que me atendían. Me vigilaban constantemente. Fue a esta psicóloga a la que le hablé de Águeda y Paola, del sometimiento del que estaba siendo objeto por parte de mis vampíricas compañeras, y ella la que habló con mis padres.

No sé qué gestiones hicieron ellos para conseguir trasladarme de centro a mitad de curso. Creo que mi padre conocía al director del nuevo instituto. En el antiguo centro no dieron muchas explicaciones, dijeron que, por cercanía de nuestra casa, habían optado por el traslado porque en realidad mis padres piensan que el problema está más en mí que en los otros.

Y aquí estoy sentada con Alba, mi nueva compañera, después de que me dieran el alta, bastante mejor que estaba, feliz de haber dejado atrás un episodio más de infierno.

En vacaciones de primavera mis padres han accedido a dejarme ir a hacer el camino de Santiago con mi clase. Por supuesto, habrán hablado con los profesores que nos acompañan para que me tengan vigilada. Alba y yo nos hemos sentado juntas en el autobús que nos llevará hasta Astorga, desde donde partiremos a pie hasta Santiago. Escuchamos música juntas con los mismos auriculares. A Alba le encanta la música, toca el piano y canta en un coro. Hace calor y me he subido las mangas de la camiseta, he supuesto que mi amiga no está mirando. Pero de pronto ha cogido mi brazo y ha acariciado mi cicatriz. ¿Qué pasó?, pregunta con lágrimas en los ojos. La dejo que toque esa parte de mí que nadie, además de mis padres, conoce. Bajo la mirada y le voy contando. Mientras hablo muy bajito para que nadie más lo oiga, ella no suelta mi brazo. Cuando termino mi relato es ella la que baja la mirada, aturdida, y aprieta mi mano. Su tristeza me hace bien, me trasmite su afecto, su empatía, como si supiera de lo que hablo.

Volvemos a ponernos los auriculares, ahora suena *Can't Stop* de los Red Hot Chili Peppers, no entiendo bien la letra porque, aunque puedo traducirlo casi todo, no encuentro del todo el sentido de su mensaje, pero en este momento nos da energía suficiente para salir del trance. Alba no suelta mi mano en todo el camino.

DE PELÍCULA

Natxo Vidal

Los llevó al cine *Soldados de Salamina*, la película que David Trueba había rodado, en 2002, a partir de la novela homónima de Javier Cercas. Un pequeño cine, en el centro de la ciudad, proponía un ciclo de películas basadas en libros de autores españoles: *No mires a los ojos, La lengua de las mariposas, El guardián invisible, Los renglones torcidos de Dios, Manolito Gafotas, Alatriste* o la propia *Soldados de Salamina* eran algunas de las que formaban parte de la cartelera del ciclo. Elena, la profesora de Lengua, había insistido mucho en la conveniencia de asistir a aquellas proyecciones (ella misma, dijo, acudiría a todas las sesiones), y acababan de leer la novela de Cercas, culminando con ella un primero de bachillerato de locos. Nunca en la vida habían leído tanto. Nunca en la vida habían calculado tanto. Nunca, en definitiva, habían estudiado tanto. Casi todos, al menos.

Adela era normal. Ni alta ni baja, ni guapa ni fea, ni rubia ni morena. Y siempre llevaba los bolsillos vacíos, como casi todos sus compañeros de clase. Especialmente, los que venían de su mismo barrio. Tenía un pelo corto y castaño que le brillaba en la cabeza sobre unos ojos claros y unas cejas finas, ligeramente apuntadas hacia arriba, en mitad de la frente. Unos labios carnosos, unos dientes amontonados y pequeños y una sonrisa amplia, como de coger flores. Andaba ligeramente inclinada hacia la derecha y con la espalda intencionadamente recta, intentando resaltar la realidad escasa de sus pechos, sobre unas piernas largas y delgadas y unos pies grandes y desordenados como un patio de colegio, casi siempre dentro de unas botas demasiado grandes. Podía presumir de uno de los mejores expedientes de su clase y leía compulsivamente desde siempre porque, a diferencia de en otros sitios y en otras actividades, en las bibliotecas públicas puede una leerse todos los libros del mundo sin pagar un euro. El final del curso se acercaba, la primavera le acababa de dejar flores en los muslos y estaba en el cine; Javier Cercas, Trueba y *Soldados de Salamina*.

Pedro era delgado. Atlético y fibroso, adornaba su metro ochenta de estatura con un pelo negrísimo de seda, calculadamente despeinado, un pendiente de aro en la oreja derecha y unas manos grandes y seguras. Había conseguido terminar la ESO a trompicones, repitiendo varios cursos, y no era, digámoslo así, el alumno más brillante del bachillerato. Sus ojos claros destacaban entre la negrura intensa de unas cejas gruesas y unos pómulos afilados y permanentemente rosados, como de haber bebido vino. Fumaba y se frotaba las manos por costumbre. No había hecho nada en la vida y, sin embargo, caminaba con esa seguridad impuesta de los triunfadores, basada principalmente en su infinita capacidad para gastar dinero y en su brillante aptitud para llamar poderosamente la atención: fue el primero de sus amigos en tener moto, condujo un deportivo nada más cumplir los dieciocho y no recordaba haberse vestido, nunca, con ropa o complementos que no fueran de marca. De las más exclusivas. Alardeaba de una casa con sauna y pistas polideportivas y presumía de su preferencia por las chicas más guapas y ricas de su entorno (sobre todo por las segundas), aunque, a veces, si se daban las circunstancias apropiadas, no le importaba hacer excepciones. De modo que había besado diferentes labios sin otra pretensión que la de ampliar su sala de trofeos: adolescentes dulces de ojos azules y tirabuzones rubios, novias despechadas y madres de familia que habían ido pasando por su cama dejando, en cada caso, la saliva y los cigarros de una vieja costumbre o la sangre nerviosa de las primeras veces. También él leía compulsivamente desde siempre, a pesar de su desastroso expediente académico («me encanta leer pero odio estudiar», solía decir), y se jactaba de sus conocimientos literarios, lo mismo en la cama que en las aulas, con una superioridad técnica sobre los demás (esta sí era cierta) apabullante y demoledora. Una superioridad que fortalecía cada día con los más de cinco mil volúmenes de su biblioteca particular, comprados por él mismo uno a uno, a golpe de billete. El final del curso se acercaba, la primavera le acababa de dejar flores en los muslos y estaba en el cine; Javier Cercas, Trueba y *Soldados de Salamina.*

Los dos estaban en el cine por Javier Cercas, esa tarde. Adela y Pedro no habían hablado antes, nunca. Iban al mismo instituto y al mismo curso, pero a grupos distintos. Adela sabía quién era Pedro, evidentemente. Todos lo sabían. Pedro, sin embargo, no se había fijado nunca en Adela. Compartían profesora de Lengua, así que ambos habían leído *Soldados de Salamina* al mismo tiempo. Y los dos, por su cuenta y riesgo, se habían interesado por el resto de la obra de Cercas. O por parte de ella. Así que, mientas sus compañeros de clase se entretenían con el móvil, viendo series de Netflix o levantando pesas en el gimnasio, inútilmente, ellos fueron pasando por *El inquilino, El vientre de la ballena, El móvil, La velocidad de la luz* (la preferida de Adela)*, Las leyes de la frontera* (la preferida de Pedro)*, El impostor* y, finalmente, otra vez *Soldados de Salamina,* el libro y la película. Les gustaba su manera de decir las cosas, la profundidad de sus personajes y la sensibilidad con la que el escritor los trataba, su acierto a la hora de ubicar la historia en tal o cual lugar y su dominio del lenguaje. Eso sobre todo, su dominio del lenguaje.

Entrar y apagarse las luces fue todo uno, de modo que los dos tuvieron que encontrar a tientas una butaca libre donde poder sentarse. Pedro tenía las manos ocupadas con el refresco, con las palomitas y las golosinas, por lo que utilizaba su cuerpo a modo de pantalla para avanzar a través de la oscuridad de la sala, mientras los títulos de crédito comenzaban a rodar sobre la lona. Adela tenía las manos libres y tanteaba con ellas el espacio completamente a ciegas, en busca de su asiento. Cuando coincidieron en el mismo pasillo, uno frente a otra, las manos de Adela se posaron sobre el pecho de Pedro y ambos se quedaron quietos durante unos segundos, en silencio, conteniendo la respiración, buscándose sin verse, pidiéndose perdón en voz baja.

Los dos habían descubierto el cine de pequeños, cada uno a su modo. Adela en la televisión de casa de su abuela, los sábados y los domingos por la tarde, cuando su madre la dejaba con ella para ir a ganar un dinero extra como camarera, en uno de los bares del barrio. Pedro en las salas de cine del centro de la ciudad, primero con sus padres y luego en solitario, casi siempre de estreno en estreno. Después, muy poco a poco, ambos fueron descubriendo el cine de otro modo, atraídos por su magia: convencidos de que todas las películas, aunque contaran las vidas de otras personas, siempre hablaban de sus propias vidas. Así fue como, durante los años de su adolescencia, los dos habían frecuentado, sin encontrarse nunca, salas de versión original, ciclos específicos, reposiciones legendarias, circuitos alternativos y minoritarios o cines prohibidos. Y como los dos descubrieron un universo cinematográfico paralelo (oficial y clandestino), brutal e inabarcable.

Se sentaron juntos, uno al lado de la otra, y comenzó la película. Ariadna Gil le ponía su rostro al protagonista masculino de la novela. Sánchez Mazas, Miralles, los amigos del bosque. Y *Suspiros de España*.

Sin darse cuenta se fueron acercando. Sabían suficiente (ambos habían leído mucho sobre ello) de la guerra, del exilio y de la muerte, de las bayonetas. Al poco tiempo ya lloraban casi acompasados, como lloraron al leer el libro: un país, una guerra, un barco, un monasterio.

No era una película difícil, a pesar de todo. A los dos les pareció comercial y sencilla. Demasiado emotiva, fácil en las concesiones respecto al libro. No era, precisamente, lo que ellos hubieran elegido ver. Sin embargo, cuando la película terminó y se encendieron las luces de la sala, se encontraron mirándose sin conocerse, frente a frente, con los ojos rojos y el corazón con la carne de gallina.

—Es solo un libro —dijo Adela. Es solo una película.

—Es solo un libro —repitió Pedro. Solo una película.

Supieron entonces que tenían que hablarse, que debían compartir lo que sentían. Salieron del cine pensando en tomar algo y se sentaron en la terraza más cercana, casi sin decir nada. Aún no. Todavía no. Dejaron pasar unos minutos y luego, poco a poco, fueron llenando la mesa de cine y de botellas, todas pagadas por Pedro. Compartieron fechas, títulos y nombres. Directores y directoras, libros, salas de cine. Se arrodillaron en mitad de la acera, después de la quinta cerveza, para rezarle a san Paul Newman, a Bertolucci, a Sofia Coppola. Dieron gracias al dios de las películas, cogidos de la mano, convencidos de que el cine los había hecho mejores.

Pasadas las doce de la noche decidieron ir a casa de Pedro y se acostaron juntos, para hacer el amor como lo hacían en sus películas preferidas. Y, durante unas horas, tuvieron la impresión de que eran iguales. Pero se equivocaban.

Al día siguiente se despidieron y ni siquiera se dieron sus teléfonos.

VICTORIA QUE ESTÁS EN LOS CIELOS

Manuel García

«Sylvia me robó el suicidio»

Anne Sexton

«Te lo diré como lo siento.

Es una sustancia.

Es un tentáculo que no oprime al principio.

Es un tentáculo y otro más. Que buscan la humedad de nuestra boca, la densidad de una sustancia de la que se nutren y que alguien ha vaciado en nuestros intestinos sin otro motivo que remover la mierda.

¿Y si los espejos no estuviesen en lo cierto, Victoria? Los estigmas que cruzan la piel de mi torso son demasiado hermosos para que los arruine la luz del flexo.

Quedarse a oscuras, porque el curso que el horror sigue ha de ser oscuro, como los fetos que la serpiente guarda en su vientre o en nuestro vientre. O en el caso de esa muchacha de la quinta fila que espera a la salida del laboratorio de Física a quien le ha enseñado a usar correctamente el instrumental. La grapadora es un ejemplar magnífico para marcar sobre la piel los límites de un duelo inventado. Porque el duelo es un invento forzoso para resistir un poco más en el planeta. ¿Quieres probar con un abrecartas?

Me he informado en un blog de que basta con un cuchillo de cocina para que la sangre deje de hervir en las muñecas. Pero es un mito. Los cuchillos son demasiado escandalosos. Puedes usar una radiografía. Sus bordes son navajas.

Una radiografía de tu madre, la del fémur que se rompió cuando el golpe la derribó contra el mostrador. No sabías que un hombre podía ser tan imprevisible y que el alcohol alcanzase cotas tan altas. Pobre Anne. Podría acompañarnos.

¿Y si los espejos absorbieran lo que queda de la piel translúcida, de esa lengua rosada que penetra el hielo de mis piercings? ¿Quién arremete contra nosotras? ¿Quién se pasea por dentro del espejo para colocarse frente a mis ojos fijos y vomitar sobre el vestido blanco? ¿Quién ha osado desnudarme arrancando primero algunos de mis mechones y luego el resto de mi cuero sin tatuar?

Se parece al frío cuando el cuchillo entra en la carne. Luego olvidas la luz y, con la luz, la respiración.

¿Has intentado dejar de mirarte los pechos delante de ese póster de Selena Gómez? No puedes, porque el corte es demasiado fascinante y, si te quedas bajo la ducha, comprobarás que tus huesos acaban penetrando lentamente en la hendidura que jamás cicatrizará. Hay que alegrarse por ese milagro. A veces dan ganas de seguir viviendo para seguir puteando a los pezones, a los párpados, a la claridad que hiere a través de las pupilas, al lobo que se esconde bajo la mesa del escritorio y por las noches entra en tu cama para darte las buenas noches con un lengüetazo de azufre. ¿Y si acordásemos matar al lobo y luego hacer lo que es debido?

¿Sabes a lo que me refiero, Victoria? A despertar la herida, a dejar que sangre, a vestirnos con escamas de dentro hacia fuera, a dejar que toda la saliva, el páncreas y la vesícula caigan al vacío o sobre esa novela que la profesora interina, cuyo nombre se parece demasiado a *bitch*, nos ha mandado como lectura optativa. Nadie te va a mirar por los pasillos cuando hayas vencido a la vida y cuando las madres tomen medidas para que sus hijas comiencen a ingerir antidepresivos y ansiolíticos. Porque se sabrá enseguida lo que tú y yo hemos hecho con el amor más grande que se haya conocido jamás.

¿Cómo el cerebro puede tolerar que dos niñatas de mierda como nosotras, con tan solo quince años hayan decidido arrojarse desde el viaducto? Un Audi y una furgoneta Renault harán el resto. Nos arrasarán como se arrasan los gatos, los conejos o ese perro insomne que confunde la carretera con un sendero hacia ninguna parte.

Brintillex es un antidepresivo óptimo. No merma la libido ni erosiona con pundonor los pensamientos que tanto admiramos y nos admiran, pues todas las serpientes se reúnen en este punto cuando me sumerjo en la bañera y los lobos me acusan del crecimiento exagerado de mis tetas o de la delgadez envidiable que mis piernas han contraído sin esperar nada a cambio.

Abro la nevera y solo hay criaturas muertas: pollo desmenuzado, resaca de rebozados y cerdo en lonchas. ¿Quién ha sido el cabrón que escribió que hay que aprovechar el momento? Esa ha sido nuestra sentencia de muerte, Victoria, la necesidad de comerse el mundo. Y nunca he querido comerme el mundo. Y nunca he querido que una amiga como tú se comiese el mundo. Antes muerta que fracasada. Que lo hagamos juntas me excita hasta el punto de quebrarme.

Me duele la espalda desde anoche. Puñaladas de mi psicóloga que se dedica a activar protocolos para salvar su culo y el de la directora. ¿Qué me importan esas terapias en las que Mr. Wonderful campa a sus anchas para convencer a cualquier gilipollas de que la vida merece la pena? Jodidas frases de autoayuda que me larga esta tipa en una prefabricada como despacho y que me obligan a escupir peces podridos sobre mi regazo. Peor que esnifar una raya de vidrio molido: *«Cada dificultad que enfrentas es una oportunidad para crecer»*, *«No puedes controlar lo que te sucede, pero sí cómo reaccionas»*, *«Incluso después de la noche más oscura, el sol vuelve a salir»*. Lo llaman *resiliencia. Resimierda.*

¿Para qué resistir, Victoria, si es mucho más fácil atarse una soga al cuello y lanzarse al arroyo de la mediocridad? ¿Por qué tengo que aspirar a ser la jodida Lola Índigo o esa tiktoker que camufla su gilipollez con la tiranía de los skincares? Antes muerta que gilipollas. No te rías. Escucha los pasos, Victoria. Sí, es ese mismo hombre de piel gris, que has visto cientos de veces en la pantalla del móvil, el que se unta de alquitrán y luego se prende fuego delante de un Primark, o de un Carrefour, o de una clínica de feminización facial. Ojalá lo hubiese hecho sobre un escenario junto a un dúo de Taylor Swift y Karol G. Hay que honrar su memoria. Hay que unirse a su batallón de héroes anónimos y sin malla.

Ojalá fuese tan fácil arrancarse los ojos, Victoria. No quiero ver nada más de lo que sucede en esta habitación. En la mía. En la tuya. Qué poco tiempo nos queda y qué largo se está haciendo.

Mamá ha ido al supermercado. Papá está lavando el coche afuera. Follemos, queridísima amiga, antes de que el sol se oculte y el lobo se vista de jaguar para desaparecer en esta selva de liposucciones y Papás Noeles hinchables. Me cago en las aceras por las que desfilan esas pijas de Tercero A. Sujetadores con relleno y entallados jeans del color de unos cuernos como ciervos. Me cago en Gucci.

No me ames, Victoria. Pero miremos, por última vez, la noche que nos aplastará la cabeza contra el muro mientras mi padre busca pollo frío en la nevera y mamá aparca junto a la piscina donde también tu cadáver y el mío pueden flotar. Como sirenas que alguna vez amaron demasiado los efectos secundarios de las canciones de amor. Así sea, cabrona».

EL FANTASMA DE 3º E

Basilio Pujante

Es muy duro ser el nuevo. Llegar a un sitio y que nadie te conozca cuando todos se conocen. Es muy duro tener que abrirse paso en un mar de indiferencia que puede esconder rocas de burla y desprecio. Adentrarse en una superficie oscura jamás recorrida en la que no sabes si encontrarás puerto o acabarás rolando de un lado a otro para siempre. Es una sensación densa y pesada que se acomoda justo encima del estómago y que no sabes si terminará desapareciendo. Ser el recién llegado y que todo el mundo te mire, juzgando y sopesando tu valía con un primer vistazo que quizás marque para siempre tu inclusión en el grupo o tu ostracismo social.

En todo esto pensaba Claudia cuando se dirigía a su nuevo instituto. Su padre había encontrado trabajo en una ciudad situada en la otra punta de España y había arrastrado con él a toda la familia. Claudia estaba indignada y desde el primer día se lo había hecho saber a sus padres: separarla de sus amigas, de su equipo de voleibol y de sus clases de música era una traición que sus catorce años veían como el peor castigo posible. Además, iba a empezar en un centro en el que no conocía a nadie, a mitad de curso, cuando todos los grupos de amigos estaban ya formados. Cuando todos los pupitres estaban ocupados. Cuando solo había espacio en los márgenes; cuando solo quedaba un lugar libre: el del nuevo.

Claudia había sido bastante popular en su anterior instituto y sabía que llegar a una clase de la ESO mediado el trimestre no era fácil. Muchas chicas y chicos habían pasado por esto cuando ella era veterana y se unía a sus amigas a la hora de juzgar, en su caso sin maldad, pero reconocía que con condescendencia, al recién llegado. La mayoría acababa encontrando acomodo en alguno de los grupos de la clase, casi nunca en el suyo (formado por amigas «de toda la vida»), pero vivían hasta entonces unos días e incluso semanas de marginación. Y eso, se temía, le iba a ocurrir a ella en su nuevo instituto. En la clase de 3° E.

Las primeras tres horas transcurrieron como ella temía: los profesores la sentaron en un lugar libre de primera fila y le pidieron (en español, inglés y francés, las lenguas en las que se impartían las asignaturas de la mañana) que se presentara. Claudia demostró la facilidad para expresarse en los tres idiomas que sus sobresalientes notas reflejaban y pudo echar un vistazo a los treinta pares de ojos que se fijaban en ella, en la nueva. Solventó bastante bien aquella prueba, ya que sentía el apoyo de los docentes, que rápidamente detectaron que era una alumna aplicada y callada, y porque siempre había destacado con facilidad en las clases. Sin embargo, a las once el timbre anunció la primera prueba de verdad: el recreo. Era este, Claudia lo sabía bien, el espacio donde se jugaría su posición en la sociedad del instituto. El aula era, casi siempre, un lugar protegido en el que la autoridad del profesor y el desarrollo de las asignaturas dejaban poco espacio para burlas directas o para peleas. Pero el recreo era otra cosa. El recreo era la jungla. Y hacia una esquina del patio se dirigió Claudia y fijó los ojos en su bocadillo, tratando de no llamar mucho la atención.

Entonces apareció Lucía y su «me encanta tu sudadera». Claudia levantó la mirada de su almuerzo y se topó con la sonrisa franca de Lucía y con una sudadera idéntica a la suya. Ambas se rieron de la coincidencia y Claudia, fingiendo un aplomo y desenfado que no tenía en ese momento, alabó el buen gusto de su compañera de clase. Lucía rompió en una estridente risa y le presentó a Claudia el resto del grupo. Todas pertenecían a 3° E y vestían las mismas ropas caras que a ella le encantaban; eran lo que su hermano mayor llamaba con desdén «niñas pijas», como ella. El recreo pasó volando con chismes sobre chicos que no conocía y apodos de profesores que nunca le habían dado clase. El grupo puso al día a Claudia de lo que se cocía en el instituto hasta que el timbre volvió a sonar y las clases se reanudaron.

A la vuelta al aula Lucía unió su pupitre al de Claudia, que se sintió definitivamente protegida e integrada, y pudo respirar tranquila tras días de angustia y zozobra. Días en los que había imaginado que su vida tranquila y su posición social en su anterior instituto se habían acabado y que su existencia en la nueva ciudad iba a ser un infierno que marcaría el resto de su adolescencia. Ahora ese futuro, estaba segura, desaparecía y podría volver a ocupar un lugar entre las populares. Sentía que ya no iba a ser nunca más la nueva.

Con la confianza recobrada, Claudia comenzó a fijarse en el resto de sus compañeros de clase con más tranquilidad. Vio un par de chicos guapos que seguro hacían deporte, a otras chicas más alternativas que sus nuevas amigas, a los frikis de la esquina con sus camisetas de superhéroes, a los repetidores y su eterno gesto de estar por encima de todo... y a un extraño chico situado en la última fila. No logró identificarlo como miembro de ninguno de los grupos anteriores. Se sentaba solo y estaba abstraído; como si su mente se encontrara en otro lugar. Muy lejos de allí. Vestía de negro y su cabeza estaba totalmente rapada. Claudia intentó dedicarle una sonrisa amable pero el chico rehuyó su mirada y se concentró en el libro que tenía abierto sobre su mesa.

A la salida, Lucía, que vivía cerca del edificio al que ella se había mudado, acompañó a Claudia y la invitó a ir con las chicas de compras esa misma tarde, a lo que ella accedió encantada. Siguieron hablando durante todo el trayecto de vuelta a casa y Lucía incluso le prometió presentarle ese fin de semana a varios chicos de Bachillerato. Claudia se lo agradeció y aprovechó la complicidad que sentía con su nueva amiga para preguntarle por el resto de los miembros de clase de 3°E. Los frikis eran unos inmaduros, unos niños que solo pensaban en jugar a videojuegos; los repetidores eran, por el contrario, unos fumetas a los que todo les daba igual; las alternativas, por su parte, eran las enemigas del grupo de Lucía y Claudia y competían por ser las mejores cuando había trabajos grupales. Los deportistas no estaban mal, había alguno que era bastante mono y eran graciosos, pero nada que ver con los de Bachillerato.

«¿Y el chico de negro?», preguntó Claudia. Lucía cambió su gesto y su sonrisa dio paso a un sorprendido «¿quién?». «Sí, el que se sienta solo al final de la clase y tiene el pelo rapado». Lucía siguió seria unos segundos y enseguida rompió a reír. «Eres una bromista, tía, al fondo de la clase no se sienta nadie así». Claudia dudó por un instante pero enseguida se unió a las risas de su amiga y terminó concediendo que seguramente se había equivocado. Se despidieron con un abrazo y quedaron en el centro comercial para esa tarde. Claudia subió en el ascensor hacia su casa contenta y aliviada. El primer día de clase había ido mejor de lo esperado.

En ese mismo momento Fernando entraba en su casa y respiraba hondo una vez más. Como cada día. Como cada tarde a la vuelta del instituto desde hacía dos años y medio. Nada había cambiado y, se temía, nada cambiaría hasta que dejara aquel lugar. Otro día más había pasado sin hablar con nadie, sin que su nombre fuera pronunciado por otra boca que no fuera la del profesor que pasaba lista. E incluso ellos, estaba seguro, evitaban dirigirse a él más de lo estrictamente necesario. Fernando se ponía tan nervioso cuando hablaba delante de toda la clase que tartamudeaba y empezaba a sudar y los profesores habían acabado también por aceptar su silencio y su lugar apartado y discreto al final del aula. Él pasaba los recreos en la biblioteca, con la cabeza hundida en un libro, y cuando volvía a la clase lo hacía sin hacer contacto visual con el resto de alumnos, que, por lo demás, lo ignoraban. Estaba convencido de que los más populares no sabían su nombre y que algunas de aquellas chicas rubias y pijas de la primera fila hasta se habían olvidado de su existencia.

Aquella mañana, sin embargo, algo había ocurrido. Una chica nueva había llegado a la clase. A Fernando le pareció muy simpática cuando se presentó delante de todos y durante las primeras horas incluso fantaseó con que pudiera convertirse en su amiga. La primera. La única. Claudia, que así se llamaba, era nueva en la ciudad y en el instituto, por lo que no conocería a nadie. Al principio del recreo, Fernando hizo acopio de todo el valor que encontró en el fondo de su ser y se dirigió hacia la esquina donde Claudia comía sola un bocadillo. Quería darle la bienvenida, hablar con ella. Hablar con alguien en el instituto por primera vez en mucho tiempo.

Justo cuando estaba llegando hasta ella, la pija de Lucía se acercó desde el otro lado y se puso a charlar con la nueva. Fernando se dio rápidamente la vuelta y desde lejos observó cómo Claudia era integrada con rapidez y entre bromas en el grupo de las populares. No había nada que hacer, la chica nueva no iba a ser su amiga. Eran demasiado diferentes. Por eso Fernando volvió a su guarida de la biblioteca y pasó allí el resto del recreo tratando de contener las lágrimas. Por eso cuando Claudia lo miró en clase y le dedicó una amable sonrisa, él hundió los ojos en el libro. Por eso, Fernando llega a casa con la convicción de que nada va a cambiar, de que continuará siendo invisible para todos sus compañeros, sintiéndose el fantasma de 3ºE.

LA CARRERA

Giulia Conte

«Llevas años enredada en mis manos,
en mi pelo, en mi cabeza»

Los Ronaldos

ÉL

La lluvia se ha cebado toda la tarde sobre el cristal y su memoria. Ese repiqueteo de suavidad húmeda ha calado en sus recuerdos, entre paciente y paciente, buscando la hondura. Hoy han sido siete, a cuál más grave. La huella de dolor que es capaz de soportar el ser humano se evidencia cada día mientras atiende la consulta. Por sus paredes se pasea el amor derrotado, la angustia de los días que se suceden, la infinita soledad, la vanagloria y la humillación como armas de matar instantes y civilizaciones. Qué grande el alma humana y qué insignificante. Manuel se siente lluvia cuando derrama sus palabras sobre los sufrientes. Manuel llueve, y entonces es feliz. Por eso quiso estudiar psiquiatría, como una manera de escuchar largamente, de detenerse en el malestar y hurgar en los intersticios ajenos de la amargura, no con afán devorador ni curioso sino para ser algo parecido a esa lluvia, un agua fresca que alivie y penetre, que destape la entraña del sufrimiento y se cuele hasta el interior, donde viven la verdad y el deseo.

—¿Puedo pasar? —asoma la cabeza la enfermera, con una taza de infusión humeante entre las manos y unas pastillas.

—Cuánto te lo agradezco. Necesito despejarme un poco. Hoy los pacientes me han dejado sin fuerzas.

—Trabaja demasiado, siempre se lo digo — comenta mientras se marcha.

Mientras apura la taza, sorbo a sorbo, se alegra de haber concluido la jornada. Recapitula y termina de tomar sus notas para no olvidar detalles y frases que luego tendrá que señalar a algún paciente. Palabras bumerán que se lanzan enmascaradas al escenario de la terapia y regresan luego desnudas al centro de la herida, en esa alquimia que provoca el reconocimiento de lo propio. Manuel lo sabe bien. Cuando se le viene encima el pasado, ella reaparece, intensa, perfecta, rodeada de luz; todavía la echa de menos.

ELLA

Supongo que siempre se siente lo mismo la primera vez, es lo que describen las películas y las novelas: el corazón acelerado, las pupilas bien abiertas para absorber hasta el mínimo detalle, las texturas impalpables, los magnéticos olores. La felicidad cuando los dos nos encontramos a solas en su habitación, las mariposas que suben y bajan, tocar el cielo o al menos creer que se es capaz de alcanzarlo. ¿Sonó a la vez en su cabeza una música acaramelada, sublime, eufórica, romántica? No lo sé, hasta ahí no pude llegar. Pero sí supe, sin duda, que era su primera vez.

Por mi parte, encantada. Explorar un cuerpo virgen, inmaculado, prístino, es siempre una agradable y valiosa sorpresa. Él apenas diecisiete años, lo supero con mucho, y sumo por mi parte toda la experiencia acumulada a mi innata comprensión de los caminos que se deben recorrer, de los placeres que sé proporcionar, de los destinos que se trazan al unísono. Procuraré llevarte donde deseas, donde los dos deseamos en este momento único en el que ambos nos descubrimos.

Nadie nos presentó formalmente, pero hubo intermediarios. Tampoco fue un encuentro casual, casi nunca lo es. Y me alegro de que sucediera, de que alguien nos abriera el largo pasillo por el que transitamos tanto tiempo, tan profundamente unidos, tan plenos. No lo adiviné al principio, a veces cuesta tomar decisiones o se escogen las equivocadas; podía haber salido mal y quizás el primer encuentro ser también el último, pero ni me lo planteé entonces. Tan solo disfruté del momento, porque para mí resultó igual de excitante el hallazgo. Yo había conocido ya a otros, a muchos, pero en pocas ocasiones se obtiene una recompensa como Manuel. Impoluto y desconocedor de lo que estaba por venir. Me atraían por igual su joven cuerpo y su mente repleta de proyectos anhelados, de certezas de futuro, de ambiciones, de metas en las que concentrarse. Déjame explorarte, déjame entrar ahí, deslizarme en silencio por tus más profundos recovecos. Y él, tan seguro y perdido a la vez, me dejó.

ÉL

Los recuerdos con frecuencia lo llevan a sus años de estudio. El cuerpo está adormilado en el sillón por el efecto de esas pastillas benefactoras, pero la mente está despierta y lo traslada al pupitre de su clase de segundo de bachiller. Hoy les han hablado de las diferentes carreras y sus salidas profesionales, pero él apenas escucha porque lo tiene claro desde siempre. No quiere ocupar el tiempo de su vida en un trabajo físico, tampoco en nada que tenga que ver con las ventas o la ingeniería, mucho menos la enseñanza. Le interesa lo que sucede dentro de su cabeza y de otras cabezas. Desde pequeño le intrigan sus sueños. ¿Cómo es posible viajar a esos lugares magníficos repletos de detalles a los que nunca ha ido despierto, o volar sobre toda la ciudad, incluso otras ciudades, desplegando unas alas imaginarias que brillan en lo oscuro y lo desplazan con total precisión? ¿Cómo puede hablar con el abuelo muerto, volver a meterse dentro del útero de su madre y recorrer su origen a través del torrente sanguíneo o nadar en el asfalto mientras los coches ruedan sobre su cuerpo hundido? Quiere conocerlo todo sobre las conexiones cerebrales y sobre el misterio de lo que se desconecta sin saber por qué. Pero lo que le cuentan sobre la carrera de medicina lo agobia. Muy poca gente consigue entrar, necesita una media muy alta, casi sobresaliente en todo y una prueba de acceso perfecta. Tiene el año por delante, pero sus resultados no son siempre tan buenos. Ha empezado a no poder dormir y a rendir peor a la hora de estudiar. Miedo a no llegar, miedo a no ser de los mejores, miedo a sucumbir. La presión es muy fuerte, también en su casa todos hablan como si lo tuviera hecho. Serás psiquiatra, tú puedes, llegarás lejos. Las palabras le caen alrededor como losas que sepultan su angustia. Hay momentos en los que no puede respirar, el aire del aula se estanca detenido en su incertidumbre, de alguna manera sabe que los sueños pueden convertirse en una cadena de deseos errantes. Pero sueña, imagina, no piensa en otra cosa. Encontrará la manera, se dice a sí mismo, si otros pueden, por qué no voy a poder yo, y esos mantras que repite a diario amortiguan el pánico a no ser lo que se espera de él. Aparece ese yo que ven los otros más que él mismo, ese yo inalterable y correcto que lo adelanta siempre un paso y lo mira burlón mientras su yo verdadero se pregunta por qué nadie percibe lo inseguro y solo que se siente algunas veces. Tiene que estudiar, tiene que sacar notas excelentes. No piensa en otra cosa. Por aquella época es cuando la conoce. Ella sabe enseguida cómo es él por dentro. No hay nada que fingir y por fin Manuel se permite que la flaqueza tenga espacio y nombre propio en su interior.

ELLA

No quiero perderte, Manuel, me gusta fundirme contigo, mezclarnos en la niebla, abrazarte y sentir que te inundo, que me acoges, que me necesitas tanto como yo a ti, pero aún no estoy satisfecha. No debemos parar, ni te lo plantees. Obstáculos siempre existen, ojalá no hubiera nadie más, ninguna circunstancia, ni tiempo ni espacio, ojalá desapareciera lo ajeno, solo tú y yo, vacío alrededor, silencio blanco, nada que captar con tus sentidos, todo está dentro, corriendo por tus venas, latiendo en un único compás, el nuestro, ojalá fuera así, Manuel, pero no lo es.

¿Cómo convencerte? Déjate llevar por lo que sientes cuando estás conmigo, olvídate del resto. He hecho cuanto he podido para que me desees, sé que me deseas, yo también a ti, no lo estropees ahora porque alguien que no comprende nuestra química te diga lo que es correcto y lo que no. Tienes edad suficiente, sabiduría, conocimiento, puedes decidir tú. Sin mí no estarías donde estás, lo sabes, te he ayudado, tu esfuerzo ha dado sus frutos, pero mi apoyo ha sido imprescindible. He estado ahí en los momentos bajos, te he aupado acariciándote con mis dedos suaves y amantes, expertos, siempre he estado ahí cuando me lo has pedido, y aun sin pedirlo, te he dado la fuerza necesaria, el apoyo cuando el mundo temblaba en la oscura noche, he estado ahí, presente, sólida, segura, confiando y dando confianza. Competí con tu obsesión por aprobar, por las notas. Solo con eso, Manuel, mi rival más peligroso, el más profundamente anclado en tu cerebro, en lo más hondo, incrustado, el objetivo sobre el que todo rondaba, y lo vencí aliándome con él. Hemos trabajado juntos para lograrlo, es un triunfo de ambos. ¿Ahora que estás a punto de lograrlo vas a dejarme? Tú me das soporte, yo lo relleno de energía o de calma, lo que busques. Tú me mantienes en la consciencia y la realidad, yo te empujo hacia tus sueños, los hacemos propios, los compartimos, son de los dos, no habrías llegado de otro modo, ni yo tampoco. He estado ahí todo este tiempo, Manuel, no me abandones.

Te lo suplico.

ÉL

Ahora que ya está en la carrera el esfuerzo es ímprobo, hay que darlo todo en este último trimestre. No amigos, no fiestas, no salidas. Folios marcados con multitud de colores y jarras de café rebosantes para las noches. Mientras tanto, ella decora los días con su magia. Siempre estudian juntos, ya no puede hacerlo de otro modo, tiembla en su presencia, pero solo al principio. Luego ella lo toma de la mano y recorren juntos un extraño paisaje de color y sentido. Ya no hay cercos a su intimidad, se presuponen, se imbrican. A veces Manuel se desnuda porque ella se lo manda y es agradable desvanecerse lentamente mientras se eleva a su lado. Puede llegar muy lejos y su mente concentra miles de datos que bebe del temario, absorbe las palabras con solo mirarlas, veinte páginas, cincuenta, cien, quinientas, todas adentro en haces de luz que parecen caber infinitamente en su memoria. Se siente único y potente, sin fisuras, preparado para el próximo examen y todos los que vengan. Ya no hay sensación de miedo ni de insignificancia, es todopoderoso junto a ella, que siempre le dice que será un buen psiquiatra y eso lo alienta.

El día que todo empieza y todo acaba, Manuel no puede ir al examen porque, al ducharse, se nota extraño y tiene las pulsaciones disparadas. Algo nubla su mente, le parece que no recuerda nada de la materia y eso le hace empezar a sentir pánico. Ella no está y él no ha dormido en toda la noche, como es habitual cuando estudia. No sabe si echar a correr para buscarla, porque siempre lo calma, pero no lo consigue porque se desmaya y el grifo queda abierto hasta que su madre lo encuentra tendido sobre el suelo del baño.

ELLA

Ya nada es como al principio. Te has acostumbrado a mí.

En la blancura de las sábanas de hospital, unidad de drogodependencias, descubro que otra vez lo he hecho; he destrozado lo que tenía, lo que teníamos, lo que habíamos construido entre los dos. Tus metas, mi futuro en tu compañía, nuestras ambiciones. ¡Tanto tiempo para lograrlo y lo pierdo todo! Otra vez, otra vez, de nuevo, siempre lo mismo, parece imposible que aprenda. Te he traído hasta donde siempre quisiste llegar, aunque ahora estés al otro lado.

Supongo que es lo que tiene ser una droga; es fácil conocerme, es fácil engancharse a mí, pero es igual de sencillo que yo destroce todo lo que toco. Sin querer, sin proponérmelo. Pero lo hago.

Tendré que empezar de nuevo.

No me costará demasiado; por suerte, hay muchos como tú.

ÉL

Bosteza largamente y se levanta para ir a la cama, mañana le espera otra imaginaria jornada de trabajo y quiere estar despejado. Hace rato que pasó la enfermera diciéndole que tiene que acostarse porque está molestando al otro paciente de la habitación. Manuel la mira incrédulo, pero obedece. Junto a su cama, una mesilla alta llena de libros y un rótulo visible en la pared donde puede leerse: Clínica Psiquiátrica Pérez-Espinosa, habitación 109. Todavía tiene tiempo para pensar, antes de apagar la luz, que le gusta mucho su vida allí.

Donde siempre quiso llegar, aunque ahora esté al otro lado.

EL MURAL

Salva Robles

«Asumid que sabéis muy poco y que nunca
sabréis mucho hasta que hayáis aprendido a ver»

Sigrid Nunez

En el despacho de jefatura

—Han dejado una nota en el buzón escolar. Por cómo está redactada, he supuesto que no la ha escrito alguien de nuestro alumnado, sino un padre o madre, quizá la escribieron entre varias personas adultas. La nota lleva ciento tres firmas, sin nombres. Piden quitar el mural, borrarlo. Ya os dije que ese mural no era adecuado, que no fuéramos tan modernos.

—El departamento de plástica organizó el concurso y la imagen del mural fue la ganadora. La eligieron por votación los propios alumnos.

—Esas votaciones se pueden manipular y había otros dibujos muy bonitos que no nos hubieran traído problemas, joder. Y los padres no paran de enviarme mensajes. Os lo advertí, varias veces lo dije.

—¿Qué padres?

—Muchos. No voy a daros nombres, me piden privacidad. Lógico, ¿no? Hay que borrar ese mural. Como sea, pero borrarlo y pintar otro encima.

—El mural ya lo ha visto mucha gente y hay fotos que se han compartido por las redes sociales.

—¿Y no has visto la que hay montada? ¿Habéis leído los comentarios?

—Es una imagen preciosa, les quedó genial. Estamos en el siglo XXI, por Dios.

—Pero es provocativa. Ese mural es toda una bravata, un desafío para mucha gente. Y lo tendríamos que haber evitado, que ya me suponía yo todo esto, hostias.

En el diario de Andrea

¿Me callo la boca a perpetuidad yo también? Estoy muy cansada a mis dieciséis años de ver lo que veo, de escuchar lo que oigo, de ser espectadora de un pasado que vuelve por todas partes. Síntomas y más síntomas, y que los adultos no hagan nada, que miren para otro lado o que se callen, que es lo peor: ese silencio de mierda de todos, ese silencio como de carcoma, como de bicho que se alimenta de otros insectos porque así es el silencio, un parásito fecundándose de otros silencios. Todo lo que veo cada vez me parece más feo. Cualquier día de estos me vuelo loca en medio de una cena con mi familia y me pondré a tirarme de los pelos, a gritar durante horas, aunque me falte el aliento. Que no puedo más. Que estoy agotada de soportar esas batallas morales que todos tienen por lo que hago o dejo de hacer con mi intimidad. Me noto como con un desfallecimiento de años apelotonados, harta y consumida de que un beso pintado construya tanta disputa, tanta rabia sucia. ¿De dónde sale esa bilis? ¿Por un beso en un mural? Venga ya, no es por el beso. Que esto ya me lo sé. El beso es lo de menos. Que no nos quieren libres, ni felices, ni autónomos, ni diferentes. Que prefieren cansarnos con sus opresiones disfrazadas de virtudes, conciencias y honradeces falsas y así dejarnos sin las fuerzas que necesitamos para destrozarles esa mierda de pensamientos rancios que postean en sus muros como si fueran frasecitas necias de las tazas Mr. Wonderful que compran en Amazon. ¿Y los profes? Sus silencios me gritan tantas cosas. Verlos así tan callados es casi como conocerlos mejor, porque cuántas cosas dicen sus silencios. Cobardes, sois unos cobardes todos, la primera de todas ellas esa gorda de la directora, que ya me di yo cuenta aquella vez que nos llevó a su despacho a Laura y a mí para cantarnos las cuarenta porque íbamos de la mano por los pasillos. Con ese tono melindroso y tan rebuscado que utilizó para tapar la verdad de lo que en realidad nos quería decir: que no soportaba vernos juntas y enamoradas porque eso no estaba bien entre chicas. No nos lo dijo, pero en su mirada y en su pronunciación estaban claras todas las palabras que no fue capaz de vomitarnos. Qué facilidad tienen los adultos para destruirnos los deseos.

En el aula AG02, hora de tutoría de 4°C

—No y no. No es justo. Es increíble. Lo han pintarrajeado todo entero con espray. Me estoy imaginando cómo se deben sentir ahora mismo Laura y Andrea. ¿Qué tipo de mierda es esta censura?

—Román, no digas palabrotas, por favor.

—Seño, es que es muy fuerte. Dos chicas besándose, ¿es algo malo? Votamos entre todos ese dibujo y les quedó precioso en el mural. Estuvieron varias tardes, casi un mes, para terminarlo.

—Un poco de asco sí que daban, ¿no? No sé, no es lo mismo que ellas se besen cuando quieran en la intimidad, que verlas ahí tan gigantes en esa pared. A mí me daba repelús cada vez que miraba el mural.

—¿Asco, repelús? Pues tú, Sergio, bien que te hiciste fotos delante del mural para el Insta, idiota.

—Pues como todos, ¿no? Para reírnos, chalada, que no te enteras.

—Chicos, no vale insultar a nadie. ¿Estamos? O nos ponemos con otra cosa, si no bajáis el tono y los insultos. En un debate no se grita y se respetan los comentarios de los demás. Nos gusten o no nos gusten.

En el departamento de orientación

—Laura, intenta calmarte. Respira al ritmo que te he marcado, ¿vale? Y no te preocupes que no voy a llamar a tu madre ahora mismo, aunque luego habrá que notificarle todo. Tranquila. Y cuando puedas, cuéntame qué ha ocurrido. ¿Quién ha empezado, has sido tú? Que ya te conozco y eres muy impulsiva.

—Me ha insultado, ¿sabes? Con esa palabra que no me da la gana de repetir porque no me describe, solo me etiqueta. Y tú sabes qué palabra es.

—Pero eso no es motivo para agredir a nadie, ¿no crees?

—Que yo no he agredido a nadie.

—Pues la otra está sangrando en jefatura y dice que has sido tú.

—Que diga lo que quiera, me da igual. Lo ha visto todo el mundo en el recreo.

—Entonces, ¿por qué tiene sangre en las dos rodillas?

—Y yo qué sé. Supongo que porque se ha caído mientras corría detrás de mí cuando le he dicho que me iba a jefatura a contar que me había insultado. Pero tampoco vi cómo se caía. Que te lo cuenten los demás, seguro que lo han visto todo.

—¿Recuerdas la conversación que mantuvimos contigo y con Andrea al final del trimestre pasado?

—¿Que si la recuerdo? Imposible olvidarla. Prácticamente nos dijiste a ambas que dejáramos de ser quienes éramos.

—Nunca os dije eso ni nada parecido.

—¿Ah, no? Pues vale. Me quiero ir ya a clase.

—No. Así no te puedes ir todavía. Tienes que calmarte.

—Ya estoy calmada. Y también estoy harta. Harta de no entender nada. Y de odiar que no entiendo nada.

—Siempre estás discrepando y protestando.

—Es lo que me toca por tener la edad que tengo. Eso dicen mis padres.

—Ha sido todo por lo de las pintadas del mural, ¿no?

—¿Pintadas? Hostias, que lo han tapado entero. Y eso se llama censura, como cuando Franco. Mira tú por dónde que me lo aprendí y ahora me sirve para entender lo que pasaba cuando Franco.

—No es tan grave lo del mural.

—¿Que no lo es? Madre mía. Que no lo es, dice. Pues para mí y para Andrea sí lo es. Mucho. Nuestro dibujo ganó el concurso y fue el más votado del instituto. Tapar esa pintura que hicimos las dos es muy grave. Es algo feo, es un desafío y nos están provocando. Y no estamos, ni ella ni yo, dispuestas a que nos desafíen solo porque nos queremos. Parece mentira que esto lo diga yo con dieciséis años y no tú que eres la adulta.

—Estoy intentando ayudarte.

—Ya lo veo, sí. Que nos hayan tachado esa pintura es como dejar que se repita lo peor del pasado. ¿Ninguno de vosotros los adultos se da cuenta, joder?

En casa de Andrea

—Sabíamos los dos que esto pasaría, ¿verdad, Miguel?

—Andrea llora desde hace horas en su habitación.

—Se lo hemos dicho muchas veces. Andrea, protege tu intimidad. Andrea, la gente es mala y falsa y cuando te das la vuelta, te ponen a parir.

—Tiene quince años, Mónica. Su adolescencia no es la nuestra, ni es una probabilidad. Es una inevitabilidad.

—Lo sé. Y precisamente porque lo sé, también me doy cuenta de que los jóvenes hoy van más deprisa que el mundo.

—¿Y qué le decimos? ¿Que se esconda, que no viva lo que siente?

—Somos sus padres y nos toca enseñarle que exponerse es venderse.

—Yo no quiero que aprenda solo eso, Mónica, por Dios. Que no. ¿No te das cuenta de que lo fácil es actuar como si el mundo siempre tuviera la razón? Eso es cobardía y no luchar por cambiar nada.

—Vale. Pero es tu hija la que llora en su habitación y no las otras quinientas alumnas del instituto. Y lo que tú le vendes es algo muy cómodo: la esperanza.

En los azulejos de uno de los aseos de chicas

«El deseo me hace reír porque nos convierte a todos en idiotas».

Hanif Kureishi

En el buzón de peticiones

Carta a la directora:

Somos 643 alumnos del IES. Juan Salvador Gaviota. Al final de esta carta aparecen nuestros nombres, firmas y los cursos a los que pertenecemos cada uno de nosotros. Nos dirigimos a usted para informarle de que nos hemos reunido durante varios recreos y hemos tomado entre todos los firmantes la decisión de comunicarle que queremos que se les deje a Laura y Andrea volver a pintar el mural que ya dibujaron y que fue borrado con espray. Si esto es una democracia, queremos que se tengan en cuenta nuestras reivindicaciones y nuestros derechos.

Si no se cumple este deseo de la mayoría de los alumnos del centro, el siguiente paso será hacer huelga de hambre en el salón de actos acompañados de muchos de nuestros padres.

Atentamente,
los alumnos del Juan Salvador Gaviota que firman debajo.

En la conciencia del narrador

En los cuentos tradicionales siempre había una moraleja y, con mucha frecuencia, aparecía un personaje malo contra el que luchaba el héroe de la historia. Aquí no tenemos ni moraleja ni un héroe concreto o quizá es que tenemos muchos. ¿Y tenemos un malo? Esto último vamos a dejar que lo decida el lector. Tampoco es esto un cuento tradicional, como ya muchos de ustedes se habrán dado cuenta.

Como narrador he decidido terminar la historia aquí. Pero la mayoría de las historias nunca se acaban en la palabra «fin» del cuento, ¿no? He visto últimamente a los adolescentes de este instituto afligidos, en las aulas veo también los despojos, sus desprendimientos. El semblante roto de las cosas. Lo que muchas veces hay que deducir en los cuentos. Y les he mostrado las trastiendas. Algunas, claro, no todas, que tampoco me creo yo un dios omnipotente. Pero me falta todavía por revelarles una, algo que sucedió anoche a las tres y trece de la madrugada.

Por la puerta de atrás del instituto que da al mercado entra una persona. Ha abierto con llaves. Por tanto, o son suyas o las ha robado. No sabemos quién es porque va tapada con un anorak y el gorro puesto, además de una bufanda que le cubre la cara. Se deduce que es gruesa, bastante gruesa esa persona. Más de cien kilos, seguro. Yo no pienso, conste, soy solo un narrador. Pero si pensara, me percataría de lo poco que comprendo el mundo que me rodea. Ella mira hacia un lado y hacia otro. Lleva en una mano una bolsa de plástico con cosas dentro de la que saca, con su otra mano, algo y apunta con ello hacia el muro donde hay pintadas dos chicas que se besan. Del objeto sale un sonido como susurrante y expulsa lo que parece pintura negra.

En mitad de la madrugada, no muy lejos, desde alguna casa que seguramente tiene la tele encendida, se oyen los acordes y la letra del estribillo de una canción que canta en inglés. Oh, sí, me suena: esa voz es la de John Lennon y les traduzco ahora mismo lo que susurra: *«Nada va a cambiar mi mundo»*.

ETERNAL LIFE

María Encarnación Carrillo

Recuerdo bien el año en el que mi hermano Gustavo y yo estuvimos estudiando en el extranjero. A él le habían concedido una beca predoctoral Fullbright para investigar en la Universidad de Nueva Inglaterra, en Portland, Maine; algo sobre biomedicina, pues se había graduado en ingeniería química y estaba interesado en su aplicación médica. En mi caso, estaba estudiando el último año de bachillerato en Wicklow, una ciudad dormitorio cerca de Dublín, muy aburrida, por cierto, que tenía una calle central en torno a la que giraba todo. ¡Ah! Y un puerto, algo que le daba algo de vidilla, aunque no pude disfrutarla mucho debido a que estaba recluida en el colegio donde estudiaba, el Wicklow School, un internado mezcla de reformatorio y colegio religioso para niñas díscolas como yo o para aquellas que tenían unos padres muy controladores. Solo nos dejaban la tarde del domingo libre y ¡salíamos con una monitora!, por lo que la tarde «free» no lo era realmente.

A mi hermano, las buenas calificaciones lo habían llevado a Estados Unidos y, a mí, las malas a Irlanda. Al ver mi madre que en primero de bachillerato empecé a suspender y a perder el interés por aprobar el curso decidió sacarme del entorno en el que estaba y pagar un año de mis estudios fuera, con el objetivo de que superara ese bache. En cuanto al entorno, no hay mucho que contar, lo típico de cuando te juntas con gente que fuma y se pasa con otras cosas. Que empiezas a consumir también; aunque tampoco abusé mucho, la verdad, el daño de las drogas estaba hecho, me era imposible estar lo suficientemente lúcida como para estudiar y superar los exámenes, había empezado a faltar a clase y me había descolgado totalmente, se puede decir que estaba muy, pero que muy perdida. Y a final del año académico, me despedí de Toñi y Ani, «las drogadictas», como las llamaba mi madre, y una semana después estaba haciendo un curso de inglés preparatorio en Wicklow y, al mes siguiente, me encontraba sentada en la clase de segundo de bachillerato, con uniforme de cuadros y todo. Nunca más volví a saber de ellas, y de esto se encargó bien mi madre, aunque no sé bien cómo.

Compartía habitación con Zinnia, una chica buena y obediente que nunca se saltaba ni una norma, y nos habíamos hecho muy amigas, quizás por eso, porque éramos muy distintas. A ella la visitaban a menudo sus padres. A mí, de vez en cuando, mamá, bueno realmente fueron dos veces, en Navidad y en Semana Santa, mientras que a Zinnia la visitaban cada mes. (Mamá tiene un pequeño negocio de importación de productos chinos y está siempre muy ocupada). Aunque esto no era algo que me afectara mucho... bueno, pensándolo bien... quizás algo, no lo voy a negar, en especial, cuando veía a Zinnia salir con ellos el fin de semana y yo me quedaba en la residencia cazando moscas.

Por cierto, papá murió cuando yo tenía diez años, y de esto nunca se ha hablado en casa. Desde entonces, y tal vez porque nunca se ha hablado de ello, de su muerte quiero decir, pienso mucho en eso... en la muerte, ¡menudo yuyu! ... y pienso mucho en toda esa historia: en el final de la vida, en estar o no estar aquí, en percibir el mundo con los cinco sentidos o morir y dejar de percibirlo; o quién sabe, no voy a negar que incluso pienso que puede que haya algo más ¿no? Y más nos valdría a todos salir corriendo, dándonos patadas en el culo y buscar una iglesia y ponernos a rezar como locos y todo eso. Pensamientos sobre la vida y la muerte que siempre me rondan cuando me quedo colgada mirando por la ventana mientras llueve, en plan melancólico... y por ello en la entrevista de orientación profesional, David, el orientador del colegio, me aconsejó que estudiara filosofía, y «así poder pensar sobre el sentido de la vida... y de la muerte..., de una manera más ordenada, siguiendo las corrientes del pensamiento más importantes», dijo David.

Mamá tampoco vino al acto de graduación en el Wicklow. Se celebró por todo lo alto; y aunque no me gusta ir de sentimental, esto fue algo que me afectó entonces especialmente. Allí estaban los papás y mamás de todo el mundo, y yo estaba en la más absoluta soledad. Mamá no pudo venir debido a que había perdido el vuelo por un extraño lío muy liado que le había montado un empresario chino local que la había obligado a revisar la contabilidad hasta última hora, y no podía dejar esa cuestión a medio, y perdió el vuelo; todo esto fue lo que me contó por teléfono.

Y en la más absoluta de las soledades salí a cantar con el coro *Morning has broken* de Cat Stevens, un clásico en las graduaciones de Wicklow, y en soledad salí al escenario a que me impusieran las becas, y en soledad, pero acompañada de toda la clase pegamos saltos al ritmo de *Jump* de Van Halen, otro clásico en las graduaciones del colegio desde los 80.

> *Go ahead and jump*
> *Get it and jump (jump)*
> *Go ahead and jump*
> *Jump*
> *Jump*
> *Jump*
> *Jump*

¡Menudo salto fue abandonar el colegio! Me acuerdo del día siguiente, el día que había que salir de allí, lo recuerdo muy bien porque además lo viví como a cámara lenta, algo que hizo mi loca cabeza, sin más, buscando retener todo lo que hacía en ese lugar donde nunca más volvería.

Esa mañana me desperté con un audio de WhatsApp de mi hermano Gustavo, felicitándome por la graduación y deseándome una feliz vuelta a casa. Le di las gracias y me puse con la maleta. Había mucho que empaquetar. La maleta con la que llegué se me había quedado pequeña y compré una enorme de flores de segunda mano en la «charity shop» que había cerca del puerto, la llené de toda la ropa vintage que había comprado, y que, al ponérmela, me hacía parecer una doble de Cindy Lauper a punto de cantar *Girls Just Want to Have Fun;* y también la llené de los libros que había leído durante el curso y que más me habían gustado: *Frankenstein* de Mary Shelley, *Wuthering Heights* de Emily Brontë y *Jane Eyre* de Charlotte Brontë; *Dracula* de Bram Stocker, *De profundis* de Oscar Wilde, *The Bell Jar* de Sylvia Plath, y los que me había regalado David y que aún no había leído: *El hombre en busca de sentido* de V. Frankel y *El diario de Ana Frank,* (tuvo el detalle de regalármelos en español, «para que los entiendas bien», dijo).

Zinnia también había hecho su maleta, y esperábamos a que vinieran a recogernos para ir al aeropuerto, a ella sus padres y a mí un taxi. Estuvimos subiendo fotos y vídeos de la graduación a Instagram, las chicas de la clase no paraban de compartir por el grupo de WhatsApp todas sus fotos y vídeos también. Aunque no había establecido relaciones verdaderamente profundas con nadie, excepto con Zinnia, ese último día sentí un pequeño dolor en mi estómago al ver todas las imágenes, como si fueran ya escenas de una vida pasada hacía tiempo y las mirara con nostalgia. Tomé conciencia de ese malestar, y me di cuenta de que mirar fotos me da pena. Y también tomé conciencia de que, aunque no quiera reconocerlo, soy una sentimental.

Un aviso de mensaje me volvió a llegar de mi hermano, un vídeo que me enviaba de su página de Instagram; en él, Gustavo estaba en un barco con un chubasquero paseando por las Cataratas del Niágara, saludando con la mano, tan contento. Pronto llegó el taxi y me despedí de Zinnia. Teníamos planes para el verano. Vendría a Alicante a pasar un par de semanas en casa, por lo que nuestra despedida no fue dramática del todo. En mi camino hacia la salida observé que las puertas de todas las habitaciones estaban abiertas y había una mezcla de alegría y nerviosismo por la partida. Me despedí de todas con la mano y salí corriendo de allí, conteniendo las inoportunas lágrimas que tanto esfuerzo me costaba contener.

El vuelo fue bien, sin turbulencias y con un aterrizaje suave como si la pista fuera de algodón. Al encender el móvil un mensaje de mamá diciéndome que me esperaba a la salida y una decena de mensajes de Gustavo con vídeos variados de sus excursiones habían colapsado la aplicación.

Por fin se abrieron las puertas y pudimos salir, cogí mi mochila y me dirigí a la cinta transportadora, no era difícil identificar mi maleta, su estampado floral la hacía destacar entre el resto. En la salida, pude ver a mamá, estaba impaciente, estirando el cuello por encima del resto que se agolpaba delante de ella. Al reencontrarnos me abrazó muy fuerte, como si no me hubiese visto en años.

—Para, mami, que me estás haciendo daño, no puedo respirar.

—¡Qué alegría tenerte ya en casa! ¡Pero qué llevas puesto! ¡Si parece que te has colocado todos los trapos de Camden Town de los ochenta!

—Es lo que ocurre cuando te pasas un año encerrada en un convento de Irlanda, escuchando música ochentera en las horas de descanso en ese anticuado hilo musical que había por todos sitios, que pierdes la noción de todo, de la moda y del tiempo, un lavado de cerebro en toda regla... Oye, no me hables más de mi ropa, lo raro es que no esté enfadada contigo, ¿si tantas ganas tenías de verme podías haber ido a mi graduación? Fui la única graduada que se graduó sola, sin nadie que la acompañara.

—No era un convento, es un buen colegio... cariño, se me escapó el avión, ya te lo dije.

—¿Y no pudiste coger otro? ... Y era un convento, te lo digo yo...

—No había ninguno para llegar a tiempo a la graduación.

—Venga ya, alguno habría con escalas, seguro que hubieses encontrado alguna combinación.

—Bueno, lo siento de veras, no pudo ser, esa es la realidad.

Y se hizo un silencio entre nosotras que duró el tiempo de atravesar el parking del aeropuerto y empezar el trayecto a casa en el Seat Ibiza amarillo que mamá llevaba por lo menos desde que yo nací.

—Algún día te dejará tirada este trasto. Puedes permitirte otro coche.

—Mi coche, como tu ropa, ochentero, así vamos en la misma línea... Le tengo cariño, le cojo cariño a las cosas, me cuesta desprenderme de ellas, y si todavía me lleva a donde quiero no pienso llevarlo a la chatarra... ¡Ah! ¿Sabes que Gustavo estará un año sabático de viaje por ahí?

—¿Por ahí?

—Sí, por el mundo, por donde le apetezca.

—¿Y eso?

—Pues dice que necesita tomarse un tiempo para pensar sobre su futuro y sobre su carrera. De mochilero, dice.

—¿Y cómo se lo va a costear?

—Bueno, dice que trabajará aquí y allá en lo que le salga. Y me ha pedido que le pase un poco de dinero cada mes. Ahora que has vuelto de Irlanda, tengo menos gastos y podré mandarle algo mensualmente. ¿Y tu amiga Zinnia?

—Me ha dicho que vendrá a mitad de julio, si lo ves bien, estará un par de semanas en casa o así. ¡Qué aventurero ha salido Gustavo!, yo también me iré de año sabático a pensar en mi vida un día de estos.

—Perfecto ¿Y cómo viene Zinnia?

—Sus padres la dejan en la estación de Atocha, que está cerca de su casa, y toma el AVE que viene directo a Alicante. ¿Sabes que voy a estudiar filosofía?

—¡Anda! Pues no te hará falta el año sabático para meditar, vas a pensar mucho en esa carrera —terminó diciendo mamá con una carcajada.

El verano siguió su curso. Mamá seguía trabajando todo el día en la pequeña oficina que tenía cerca del Corte Inglés. Gustavo nos bombardeaba día y noche con mensajes, audios, vídeos de todo lo que hacía; visitar su página de Instagram era como visitar una guía de viajes de Estados Unidos. Me tinté el pelo naranja como Cindy Lauper. Y por fin, Zinnia llegó a pasar un par de semanas a casa.

—Vaya vistas tiene tu casa. Voy a desayunar todos los días mirando al mar. ¡Es genial! ¿Y tu madre?

—Trabajando, se pasa el día en el trabajo.

—¡Genial! ¿Qué vamos a hacer hoy? Oye, ¡que yo también me quiero tintar el pelo naranja!

—Pues tomar algo, y bajar a la playa. Lo que se hace aquí en el verano. Estar en la playa todo el día. Por la noche podemos dar una vuelta, ir al cine, o lo que surja. Y también tintarte de naranja, claro.

—¡Genial! ¡Y como la playa está al cruzar la calle! ¡Genial!

—¿Y desde cuándo dices genial todo el tiempo?

—Desde que han empezado las vacaciones, ¿no crees que son geniales las vacaciones?

Y así fueron sucediendo los días. Mamá trabajando y nosotras entre desayunos de café y cruasanes en el balcón mirando al mar, pasta y pizzas para comer y cenar en el sofá, y sesiones de peluquería donde nos cardábamos el pelo con mucha laca y nos hacíamos la manicura, y playa, mucha playa, con nuestros pelos naranjas y nuestras uñas de colores, y por la noche a la sesión doble del cine de verano, el último que quedaba en la ciudad. Y de todo nuestro proceso dimos cuenta en Instagram, compartimos cada desayuno, cada trozo de pizza, cada sesión de peluquería, cada pintauñas que nos comprábamos, de las palomitas que nos comíamos en el cine y de nuestros baños, de todos. Los *megusta* nos llovían sin parar, las chicas del internado hacían lo mismo con sus vacaciones y los mensajes en el grupo de WhatsApp y en Instagram echaban fuego, corazones, emojis con besos y risas, aplausos, pulgares en alto y memes playeros de todo tipo, incluidos los viejunos de Julio Iglesias. Gustavo tampoco se quedaba atrás, las fotos, vídeos y audios se sucedían sin descanso, a cada nuevo lugar que visitaba nos llegaba información al respecto. E intercambiamos muchos emojis premiando los envíos.

Pero, a finales de la última semana que Zinnia pasó en casa, todo se precipitó, como si hubiésemos estado construyendo un enorme castillo de arena y nos hubiésemos instalado en la cima para acabar, sin darnos cuenta, aplastándolo con nuestro peso, y con esto quiero decir que todo se desmoronó, y que mamá era la encargada de la desastrosa arquitectura de esa construcción. Al recordarlo, lo vuelvo a ver todo como a cámara lenta, esas cosas que me hace la cabeza cuando de alguna manera la emoción me sobrepasa.

Bajamos a la playa temprano con nuestras capazas repletas de todo lo que necesitábamos para la jornada playera: protector ecológico, toalla, móvil, agua y un par de tarros con sandía que mamá nos había preparado. Zinnia con un vestido vaporoso de flores y unas chanclas brasileñas, y yo con unos shorts y unas cangrejeras. Las dos con bikinis de colores fosforescentes, fucsia (ella) y amarillo (yo).

El mar parecía un espejo, plano y azul. Y al meter los pies en el agua nos extrañó lo caliente que estaba. Solo había dos sombrillas en la playa, debajo de una de ellas un señor leía el periódico sentado en una silla plegable. La otra estaba vacía.

—Esther ¿te había dicho que tu hermano es muy mono? —me dijo Zinnia al tiempo que metía la cabeza en el agua.

—¿Qué? ¿Te gusta Gustavo?

—Ahora lo sigo por Instagram. Y bueno, que lo veo muy mono...

—¿Y....?

—Que hemos intercambiado algunos mensajes.

—¿Y....?

—Que dice que está deseando conocerme.

—¡Pero Zinnia! ¡Eres mi mejor amiga y él mi hermano!

—Pues mejor así ¿no?

—Bueno... que sepas que es muy cabezota, advertida quedas.

—¿Y no habláis nunca por teléfono con él?

—¿Por teléfono?... Y también es un maníaco del orden.

—Por teléfono ¿no habláis?

—¿Por qué lo dices?

—Porque estáis siempre con los mensajes, los audios, los vídeos; pero no veo que os llaméis.

—No sé, mamá está muy ocupada. Y yo, no lo había pensado, la verdad.

—Pero hablabas con él por teléfono cuando estabas en Irlanda, a menudo, lo recuerdo.

—No sé, la verdad, imagino que como estamos de vacaciones todos, ahora es más complicado... Bueno ¿volvemos?

Volvimos a casa muy calladas, supongo que Zinnia estaba dándole vueltas a sus posibilidades con Gustavo, y yo a ese asunto del teléfono que ella me había señalado.

Pasamos la tarde recogiendo sus cosas, pues al día siguiente salía hacia Madrid. Sus padres la estaban esperando para coger un avión a Creta y pasar allí los últimos días del verano. Mamá estaba en su oficina como siempre. Nos había dejado dos bandejas de sushi enormes que comimos con un té frío. Mamá llegó después de la siesta y fue de cabeza a la ducha pues venía con mucho calor. Zinnia hizo una última revisión de su maleta.

—Me vendrían bien unas toallitas para el viaje. ¿Bajamos a comprar?

—¿Todavía sigues con esa manía de limpiarlo todo?

—Unas veces me da más la manía que otras.

—Pues te llevarías muy bien con Gustavo, él ordenando y tú limpiando... ¡Una pareja estupenda! Espera, voy a buscar en la cómoda de mamá, suele tener por sus cajones algún paquete.

Busqué en cada uno de los cajones sin éxito. Pero, en el último, encontré un bolso grande de color negro en el que estaban bordadas con hilo dorado y en mayúscula las palabras: ETERNAL LIFE. Me pareció curioso, nunca había visto ese neceser entre las cosas de mamá y decidí abrirlo para ver qué contenía.

En su interior había unos documentos entre los que se encontraba la foto de mi hermano Gustavo e intrigada me puse a leer. Cuando finalicé la lectura llegó mamá de la ducha y al verme alzó la voz como si estuviera poseída.

—¿Qué haces loca? ¡Deja esos papeles!

Al oírla, acudió Zinnia, y quedó paralizada mirando con cara de susto desde la puerta sin atreverse a pasar.

—Mamá, ¿qué es esto? —le respondí mostrándole los papeles

Y abalanzándose hacia mí me los arrancó de la mano y de un empujón me sacó fuera de la habitación, dando un portazo tan grande que hizo que se cayera uno de los cuadros que había en el pasillo.

—¡Mamá! ¿Dónde está Gustavo? ¿Qué quieren decir esos documentos? —grité.

Como respuesta tuve un silencio demoledor del otro lado de la puerta.

—¿Qué pasa Esther? ¿Qué has leído en esos papeles? —dijo Zinnia.

Me quedé estupefacta y, casi desvanecida, me recosté en el sofá del salón. Le expliqué a Zinnia que me había parecido una especie de contrato, el documento estaba escrito en inglés y estaba firmado por mi madre y el director de Eternal Life. Y que Eternal Life se encargaría de mantener a mi hermano Gustavo (que había fallecido) vivo con el uso de inteligencia artificial en todas sus redes sociales mediante fotos, vídeos y mensajes de texto y audio, y que todos esos recursos creados con su imagen y su voz también se enviarían a los teléfonos de familiares. También había una cláusula en la que, tras el pago de una prima extra, la inteligencia artificial también interactuaría, contestando mediante mensaje de texto a las personas que le dejaran algún mensaje en redes o por teléfono. El tema elegido en torno al que giraría la vida digital del fallecido sería «La vuelta al mundo». El contrato era anual, a renovar previo pago al finalizar el tiempo contratado.

Zinnia empezó a buscar información con el móvil sobre la empresa Eternal Life y, efectivamente, era una empresa estadounidense que se encargaba de mantener vivas digitalmente a las personas que habían pasado por este mundo. Zinnia llamó a la empresa y puso el altavoz para que lo oyera. Pidió información sobre mi hermano, dándole nombre y apellidos, y la voz enlatada contestó diciendo que era información confidencial que no se facilitaba a nadie.

Durante esa tarde llamé y llamé a la puerta de la habitación de mamá y no obtuve respuesta, fueron unas horas terribles, la realidad se había convertido en algo muy extraño, falso y doloroso, y continuamente me daban mareos. Zinnia se fue al día siguiente. La acompañé a la estación. Lloramos abrazadas al despedirnos.

Necesitaba saber qué había pasado con mi hermano. Mamá estuvo tres días sin salir de la habitación. Cuando por fin lo hizo, se dirigió a su trabajo como de costumbre, como si nada hubiera sucedido. Cuando le preguntaba sobre mi hermano, miraba hacia otro lado y se quedaba en silencio.

Pasé el final del verano intentando saber algo de Gustavo por internet, pero todo estaba inundado con las fotos y vídeos de su «vuelta al mundo». Un día pensé que Almudena, una prima de mi padre con la que no teníamos relación, y que residía en Madrid, me podría ayudar. La llamé y le conté lo sucedido, y le pedí, por favor, si podía ir a la embajada de Estados Unidos en

Madrid y preguntar por el fallecimiento de mi hermano, ya que en España no había ninguna partida de defunción suya; quedó muy preocupada y me dijo que me ayudaría. A los dos días tuve su respuesta.

Fue terrible lo que me contó. Según los testigos que lo vieron, mi hermano se había suicidado lanzándose por un puente al río Misisipi en Nueva Orleans en junio de ese año, las fechas coincidían con los días previos a mi graduación (ahora entendía porque mamá no había venido a Irlanda). Policías y bomberos buscaron durante dos semanas. Nunca se encontró su cuerpo. Y, antes de despedirse, me dijo que lo sentía mucho y que, por lo que fuera, mi hermano había seguido el camino de mi padre que también se suicidó. Una noticia que desconocía y que me afectó profundamente.

Han pasado dos años de esto. Empecé a estudiar Filosofía en septiembre de ese año en la Universidad de Alicante. David, el orientador, tenía razón, me ayudaría a pensar de manera más ordenada en la vida y en la muerte, y le estoy muy agradecida porque estos estudios están poniendo orden dentro de mí, y sobre todo, me han ayudado con la muerte de mi hermano y con la deriva de mi madre en su proceso de no-aceptación. Tristemente, ha vuelto a renovar el contrato con Eternal Life. Me da mucha pena verla, está trabajando muy duro para poder pagar la cuantía que le pide la empresa con el objetivo de hacer la experiencia virtual algo más real. Ahora, está pagando dinero extra para que mi hermano (o más bien, la inteligencia artificial) la llame por teléfono y así poder tener una conversación «real», según dice, con «él». Está muy ilusionada de cara al próximo año, pues cree que tendrá el dinero suficiente para contratar las llamadas por videoconferencia.

Por mi parte, estoy muy pendiente de ella, no sé si esto le estallará algún día en la cara, cuando tome conciencia de la situación. De momento, vive esta irrealidad, hace vida «normal» y se la ve «feliz». En cuanto a mí, he elegido vivir aquí y ahora, he elegido la realidad que ocupa mi cuerpo físico. Por ello, me he dado de baja de todas las redes sociales, incluso de las aplicaciones de mensajería. No podía soportar ver más todos esos vídeos, fotos y demás mensajes de mi hermano viajando por el mundo. No podía soportar más ese falso mundo virtual. Con Zinnia hablo por teléfono y nos mandamos cartas y paquetes con pequeños regalos, y es una ilusión muy grande recibirlos. Hemos planeado ir este verano, cuando acabemos el curso, a Formentera a pasar quince días, a las dos nos encanta la playa y el relax.

Después de tantos años pensando en la vida y en la muerte, he podido comprender que la pérdida de mi padre me afectó mucho, así como también las circunstancias de su muerte y el hecho de que nunca se hablara en casa sobre ello. Era un secreto familiar que cada uno de nosotros vivimos a nuestra manera.

Después de todo lo sucedido, yo he elegido la vida en el mundo físico. Y creo que he elegido bien, pues estoy tranquila por primera vez.

Elijo tomar una posición material en el mundo y ser la protagonista de lo que me suceda.

Elijo estar aquí en cuerpo, alma y pensamiento mientras viva.

Elijo la vida. Elijo vivir.

LA LLUVIA INFINITA

Pedro Pujante

1

Recuerdo cada mañana de aquel invierno con una ambigüedad atroz. He olvidado las trivialidades, las fechas exactas y demás accidentes biográficos, pero no el sentimiento de apatía y tristeza que se condensó en esos días fríos como el hierro. No recuerdo el argumento del relato cabal de mi vida, aunque persisten en mi memoria leves tramas, un guion desencajado, rincones a medio visitar, el cielo siempre cerrado que anunciaba la inminente lluvia. Los días, al revisitarlos en forma de recuerdos, se fraguan a golpe de simetrías, se confunden y se convierten en una masa amorfa de instantes, acartonados, difusos y amontonados en el basurero de la experiencia. Recuerdo, para qué negarlo, también banalidades, como la incipiente barba del joven camarero que servía mi mesa, la melodía carnavalesca de la máquina tragaperras o la oscura mancha de café que siempre dejaba mi taza sobre el vasito de porcelana.

Cada jornada me despertaba una hora antes de lo habitual para poder tomar mi desayuno y leer el periódico con holgura, saboreando ese momento de la mañana, repasando las noticias como quien pasa revista al tiempo, a la actualidad, a la locura trepidante del mundo. Era un ritual autoimpuesto, casi una liturgia de la que dependía mi felicidad del resto del día. La mañana en el aula, tras esa hora de calma frente a mi tostada, mi periódico y mi café, comparecía menos funesta. Los días pasaban. Los días. Y aunque la lógica me indica lo contrario, tengo la impresión de que no paraba de llover aquellas mañanas, de que el mundo era un acuario sin peces de colores en el que todos nos estábamos ahogando lentamente.

Tras el cristal de la ventana, vigilaba los coches resfriados que tosían y se desperezaban como dromedarios anacrónicos en ruta hacia sus puestos de trabajo, conducidos por hombres y mujeres graves, narcotizados por las noticias de la radio, el tráfico incipiente y el sopor remanente de sus estancias oníricas. El tiempo pasaba. El tiempo. O más bien era absorbido, succionado por el sumidero obsceno de la mañana de camino a la noche eterna. Y también pasaban apresurados los estudiantes del instituto, siempre enemistados con el mundo, como extraterrestres en el planeta de los adultos, alargados, adormilados, invitados forzosos a participar de las actividades académicas y a comportarse, durante el horario escolar, como terrícolas, como voluntariosos humanoides que acatan las fórmulas, los códigos y las rutinas impuestas por el frenético mundo. Y entre la masa gris de estudiantes, siempre puntual, asomaba la sonrisa de Carmen. Su mochila Vans y una coleta alta que se movía al ritmo de sus pasos. Había sido alumna mía y guardaba un grato recuerdo de ella. No había sido la mejor estudiante de su promoción, pero sí que estaba entre las más trabajadoras, era aplicada y bastante educada. Resultaba evidente que sentía gran respeto por sus maestros y, respecto a mí, siempre intuía, tras aquella risa nerviosa y esos ojos miopes, que me apreciaba y que admiraba todo aquello que yo representaba. Su semblante era tierno, dulce, quizá algo melancólico, y nadie negaría que en el futuro se convertiría en una bella mujer. Era diferente al resto de sus compañeros. Quizá por eso, por esa aura de ser emancipado, jamás fue popular entre sus congéneres estudiantiles.

2

El invierno avanzaba con virulencia. Yo seguía acudiendo cada mañana a mi refugio habitual, a tomar mi café y a contemplar durante una hora cómo se desmoronaba el mundo ahí afuera, en el acuario abisal de la realidad, tras el vidrio empañado de la cafetería. Creo recordar los charcos y los transeúntes entrando apresurados con los paraguas empapados, trayendo consigo un helor descomunal que hedía como el aliento de un oso blanco. Recuerdo el cielo plomizo reflejado en el asfalto, como una manta metálica a punto de hundirse sobre la ciudad.

Llovía. Todos los días llovía. Incluso dentro de la cafetería llovía. Una lluvia eterna.

Yo pasaba por un difícil momento. Mi padre había fallecido al final de la Navidad, y para colmo, me habían denegado un permiso con el que pensaba realizar un viaje por el sur de Europa. Me sentía triste. Decepcionado con la vida. Y quizá, si no fuese por la sonrisa de Carmen cada mañana, aquellos ojos brillantes y esa boquita mostrando sus dientes torcidos, la vida me hubiese parecido menos soportable. Ella me recordaba lo mejor de mi profesión, había sido mi alumna durante unos felices años que viví como tutor y encarnaba, de un modo simbólico, el alumno ideal, la perfecta razón por la que los docentes permanecemos incólumes ante el devastador devenir de los años de oficio. Había ocasiones en las que estuve tentado de salir, detenerla, darle un abrazo y pedirle que me contara cómo le iban las cosas en el instituto. Pero abrigaba la intuición de que la conversación habría sido trivial, como una insustancial entrevista de trabajo, qué tal todo, bien, me alegro, y tú, bien, como siempre, cómo llevas las notas, recuerdos a tu madre, y que el encuentro mudo a través de los cristales habría perdido su encantamiento... Así que deseché la idea y me limité a continuar siendo el espectador tras el biombo. Y ver los peces del pasado navegar hacia el futuro sin intervenir con las desgastadas redes de mi nostalgia. Recuerdo unos versos que hablaban de algo así, de que la belleza del instante no hay que tratar de apresarla. De que los recuerdos son sueños siempre, que no tratemos de materializarlos. Aunque no soy capaz de recordar el autor o el nombre del poema.

3

Fue en uno de esos efímeros días de lluvia cuando supe que Carmen padecía una severa depresión. No podía creer que una niña tan llena de vida pudiese albergar en su raquítico cuerpo un bicho tan demoledor. ¿Cuáles serían los motivos?

No obstante, la vi pasar durante dos o tres semanas más. Siempre la misma sonrisa, siempre me saludaba como si fuera la primera vez que me veía después de mil años. Quizá, sugestionado por la nefasta noticia, me pareciera adivinar en su rictus que la expresión de felicidad era más forzada, menos natural. Intentaba traspasar esa máscara de juventud y placidez, trataba de descubrir en aquellos ojos negros algo de dolor. Pero me fue imposible. Me preguntaba si ella sabía que yo conocía su circunstancia. Me preguntaba tantas cosas. Pero ¿qué le podría haber dicho? ¿Cómo la podría haber ayudado?

Más adelante, otro antiguo compañero de ella me comentó que había sufrido acoso escolar. Quizá desde el colegio, desde hacía varios años. Que nunca lo superó. Quizá incluso cuando yo fui su profesor.

No salí a abrazarla.

Recuerdo que albergué una mezcla de culpabilidad, vergüenza y pena.

Nunca salí a preguntarle qué le ocurría, si necesitaba ayuda. Nunca le dije que estaba dispuesto a escucharla, que podría contar conmigo, que...

Un domingo por la tarde me armé de valor, me prometí que al día siguiente saldría de mi refugio y le dirigiría unas palabras. Me lo prometí como nos prometemos tantas cosas con la secreta convicción de que llegado el momento no seremos capaces de acometer. Necesitaba decirle que yo estaría ahí siempre, que podría contar conmigo para lo que necesitase, que a pesar de los años yo siempre sería su maestro, su amigo incondicional. Que la vida era injusta, pero que había que luchar y ser fuertes. Me juré que no dudaría, que esta vez saldría de mi caverna a su encuentro.

Pensaba en qué palabras serían las adecuadas para consolarla, para no parecer paternalista, condescendiente ni estúpido. Para no mostrarme como un entrometido ni hacerla sentir incómoda.

Ese lunes, por primera vez en todo el año, no pasó frente a mi ventana. Al día siguiente tampoco. Ni al otro.

El cristal que separaba la cafetería de la realidad no existía. El cristal desapareció y el mundo gris y acuoso de afuera entró en mis pulmones impidiéndome respirar. Como una ola que lo anegaba todo de silencio, medusas transparentes y vacío.

Pasó la semana. El viernes por la tarde supe que se había quitado la vida. No quise indagar en los pormenores. No quise saber si yo podría haber hecho algo, si el acoso comenzó cuando yo fui su profesor y no fui capaz de detectarlo a tiempo. Si ocurrió más adelante, ya en el instituto. Ya daba igual. Ya la lluvia no cesaría.

Esa tarde, al igual que el resto de mi vida, también llovió y se mojaban todos los cristales de la ciudad y la gente se escondía tras ellos para simular que nada ocurría, que el mundo no se estaba inundando y que el sol, quizá, volvería a salir algún día.

A veces, los malos ejemplos.
son los mejores♥

EL CHIRU

Ramona López

El Chiru era muy bajito para su edad y tenía la cabeza gorda y pelada, con varios costurones blanquísimos, producto de pedradas a traición. Empezaron llamándole Dani el Chirucas que abreviando se quedó en Chiru. El mote se lo pusieron el año que su madre se fue con uno que llevaba un puesto de golosinas y algodón de azúcar por las ferias. Decían que ganaba mucho dinero. Al Chiru, su padre lo llevó todo aquel año con chirucas al colegio porque decía que así no necesitaba calcetines. Cuando sacaba los pies de las botas parecía que los hubiera tenido a remojo todo el día si el olor no hubiera desmentido esa posibilidad. Su padre se llamaba Cristóbal y era pocero. Se traía la comida de casa de su hermana Antonia antes de recoger al Chiru del colegio. Jugaba con el hijo tirándose al suelo y peleando con él como si tuviera exactamente siete años, que era la edad del niño. ¡Cómo se reían! Dormían juntos en la cama de matrimonio mezclando bajo el calor de las mantas el hedor a pies de ambos y la transpiración etílica del padre. El niño se enganchaba a la espalda del padre como un koala y este acariciaba la mano infantil sobre su hombro hasta que se dormía. A Cristóbal le hacía gracia llamar al Chiru a voces: ¡hijo... hijo... hijoputaaaa! Otras veces, muchas, a Cristóbal se le iba la mano convidándose en el bar Alameda después de trabajar y no recogía al niño. Este ya lo sabía y se iba directo al Alameda.

—Papá, ¿y yo qué?

—¡Nemesio, ponle a este una empanada y un bollycao!

El Chiru se iba a su casa comiéndose la empanada y con el bollycao en el bolsillo porque sabía que lo de su padre iba para largo.

Cristóbal se decía a sí mismo que no tenía que beber, pero en cuanto encontraba una excusa mínima, y eso era fácil, se le olvidaba por completo.

Terminó por no recoger al Chiru y el chico se las apañaba como podía. Lo malo era que a varios compañeros de clase les dio primero por reírse de él: ¡enano, vaya botas, cabezón, chirucas, pelao! Y luego llegaron los empujones y después las pedradas. El cabecilla se llamaba José Ángel, era tan alto que intimidaba y tenía el pelo largo y ondulado. El día que dejaron al Chiru tirado en el patio de recreo de una pedrada en la cabeza, la seño Cati llamó a los padres de los agresores. A la mañana siguiente José Ángel llegó a clase con el pelo cortado al cero y la manía contra el Chiru subió de nivel: el hostigamiento se hizo continuo. Al Chiru se le quitaron las ganas de ir al colegio y sólo iba cuando se aburría mucho. La seño Cati se preocupó por él y decidió ir a su casa. Ese día su padre había vuelto temprano del Alameda después de una intensa celebración y estaba sentado en el sofá mirando la tele sin verla. Mientras la seño Cati le explicaba por qué su hijo no debía faltar a clase, a Cristóbal un ojo se le cerraba y otro se le abría. Eres muy guapa, dijo, mientras le agarraba la mano con fuerza y se la llevaba al paquete. La seño Cati sacudió la mano como si le hubiera mordido un animal ponzoñoso, se fue y ya no volvió. A pesar de que la seño lo seguía tratando con mucho cariño, el chico cada vez iba menos por el colegio.

Al Chiru, su padre no lo dejaba ir al descampado de los yonquis, lleno de colchones asquerosos, jeringuillas usadas, condones, papel higiénico y todo tipo de porquería. Pero aun a riesgo de llevarse una colleja, al niño le gustaba ir por contradecir al padre y porque siempre había alguna pelea. Él se quedaba observándolo todo escondido detrás de un bidón oxidado.

El día que su vida cambió, al descampado no había acudido ningún yonqui. Se sentó apoyando la espalda en el bidón mientras perseguía un escarabajo con un palito. Le sorprendió la llegada de dos hombres, uno pequeño y recio y otro muy alto y delgado, un yonqui que ya había visto el Chiru antes por allí. Los vio discutir sin oírlos. Vio al alto arrugarse y doblar la espalda, empequeñecerse. Vio al pequeño sacar pecho, levantar la barbilla ponerse de puntillas y crecer: tenía una pistola en la mano y con ella le pegó al alto arrugado tres tiros muy seguidos. El yonqui cayó como un gran muñeco desarmado. El pequeño agigantado le arrastró por los pies, parecía no pesar, lo llevó hasta la cisterna abandonada y lo tiró allí.

El Chiru no dijo nada de lo sucedido. Tuvo miedo, miedo de que lo matara a él, de que matara a su padre. Pero había además otra razón, ahora sabía una cosa que nadie más sabía y ese secreto le hacía sentirse importante: sabía que las pistolas te hacen crecer. Decidió que un día compraría una pistola para ser más alto y para que la próxima vez que uno lo molestara: ¡pam, pam, pam! y a la cisterna.

UNA FORMA DE VOLVER A CASA

Pedro Casamayor

Si sigues el camino de hojas amarillas me encontrarás. A lo largo de la vida he visto el mundo y sus habitantes engordar y adelgazar atendiendo a modas, hambrunas, navidades, corpiños y cuaresmas. Mientras yo, en mi cielo, me mantuve fiel y atento a mi estructura de agua. Elena Martín Vivaldi escribió cosas como estas sobre mí: *Grita su brillo hacia el jardín. Y sencillo, libre, su color derrama frente al azul. Como llama crece, arde, se ilumina su sangre antigua. Domina todo el aire rama a rama.*
Ensanchar o enflaquecer nunca fue una decisión a voluntad sino un dejarse llevar por el frescor de la lluvia y el propósito nutritivo de las estaciones. Unos días paciente a la espera de silencios derrochadores de nieve y escarcha, otros absorto testigo ante conversaciones de llanto y bochorno con un inicio esperanzador en unos casos y en otros con finales sin consuelo.
Contaros que los jóvenes, en su mayoría, con su silueta libre de modas han formado el tejido de mi sombra y su literatura. Su fuerza y leyes han sido las mías. Su desesperación y valentía

han provocado, en la tierra, la caída temprana de las hojas y en el cielo, el rebrote de mis yemas. Géneros y épocas. Años de ropa ancha y minifalda para el invierno. Trimestres en mallas con quemaduras de cigarrillos, pantalones de pana, ponchos y chupas de cuero que han ido abrigando deseo y frío en escenas con jóvenes de todas las tribus del mundo.

En mis oídos, que han visto tanto, son muchas las conversaciones de adolescentes y universitarios que tienen como principales obsesiones las relacionadas con la apariencia y las preocupaciones por su peso corporal. Cada vez más jóvenes con trastornos alimentarios en la sociedad del derroche, donde la presión social por la imagen es más palpable que nunca y en donde, lo contrario al ayuno se ha transformado en un monstruo de empacho y glotonería.

Si he de escribir una biografía de hambre a lo largo de mi existencia la iniciaré recopilando algunas de las palabras y afirmaciones más conmovedoras e impactantes bajo mi cielo durante los últimos años:

—Llorar al comer. Empiezan los vómitos. Aspirar el olor de un chocolate; almorzar un grano de arroz sin masticar; los atracones, los laxantes, alimentos light, la rutina demoledora de pesarse dos o tres veces por día. Deseo jamás colmado, el frío intenso y la falta de menstruación. Contar calorías—

Estrategias para desaparecer, adosadas a expresiones inconscientes dichas con demasiada frecuencia por muchos y poco inteligentes del tipo: ¡parece que retienes líquidos!, ¡se ve que eres de hueso ancho!, ¡todos los gorditos sois tan simpáticos! Y automáticamente unidas las contestaciones igualmente absurdas y desacertadas: ¡es que me mantengo en mi línea circular!, ¡estoy en un círculo vicioso!, ¡es que me gusta desparramarme!

Quizá sea simplemente mi percepción de la belleza, quizá sea el sonido de las campanas envolviéndome y el aullido de los perros en la noche. Quizá sea por el musgo cubriendo las tejas, el aire y el verdor de los vecinos castaños de indias; quizá sea por cada recuerdo vivo dentro del canto de los pájaros. Pero los sentimientos van y vienen cuando pienso, dentro de la competitividad social tan descarnada de nuestros días, ¿qué significa en el mundo de los jóvenes una imagen física y psíquica perfecta? La perfección es un abrigo empapado, demasiado inaguantable y apestoso en la mochila que llevamos todos. Si nuestra imagen personal es una ventana al mundo de lo que somos y creemos, intentemos que las vistas en aulas, ciberespacios, parques, gigas y conciencias sean a paisajes de diversidad como arma de progreso.

Yo os hablo de lo que sé y he visto a lo largo de 125 años de existencia. De todas formas, no os fieis de lo que digo, cada uno ha de comprobar y descubrir de su experiencia la verdad. En el bosque no hay ni un solo árbol que quiera ser más que su semejante. El roble no se compara ni con el castaño, ni con el aliso o el álamo temblón. Se buscan en las copas, comparten tormentas, se distancian en las raíces cada uno creciendo en su identidad y en su dureza ante la desnudez del invierno. Cuando alguno tapa con sus ramas la cara del otro, el viento con sus manos busca un hueco por donde de nuevo rastrear al sol. Nuestro olor es el olor de la luz y a través de ella crecemos, buscándola de forma calmada entre la niebla, en los malos pensamientos, el juego de las ardillas y a veces hasta en la contaminación asfixiante de la ciudad.

El aspecto corporal lo vamos construyendo no solo al explorar nuestras particularidades físicas, sino también al compararnos con los demás habitantes que nos rodean de la misma especie. El secreto para progresar en una imagen positiva y sana es reconocer, aplaudir y respetar nuestro cuerpo, nidos, talas y heridas, aceptándonos como seres únicos y diversos que a la vez también reconocen y admiten a otros seres diferentes a nosotros.

Han pasado quince días desde que cada tarde viene a uno de los bancos que me rodean una chica de dedos un poco azulados, sonrisa cansada y piel fría. A través del humus que compartimos percibo su ritmo cardiaco irregular y cambios de humor. No conozco el nombre de esta florecilla que reparte mijillas de pan a los gorriones. Es gracias a sus ojos por lo que he de-

cidido ponerle el nombre de *Siempreviva*. A pesar de su aspecto frágil hay algo en su carnosa
mirada que te persuade al encuentro. Alberca
que avanza lentamente a intentar gozar de la
vida y también de la sed. Una sensación grata
que, al verla, convoca al silencio.

Yo tan solo me dedico a estudiarla mediante sus fulares y tiritañas pero de vez en cuando ella busca compañía, me mira y me habla,
unas veces con palabras y otras a través de la
brisa perfecta cuando deletrea abecedarios. Yo
le digo, ¡por favor, nada de abrazos que a veces
debilitan y pesan! Ella sabe que con ellos nos
pisan una y otra vez las raíces y hasta el cuello.
Los abrazos son entre los humanos y siempre
consentidos.

Desde mi arquitectura de años y clorofila,
cómo hacer entender a los hijos de mi sombra
que, muchas veces, la más feliz de las existen-
cias está libre de ambiciones y ocupaciones. Pero
de nuevo, deben de ser ellos los que por medio
del ruido y la mugre algún día descubran, si
quieren, la música misteriosa de estas palabras.

Cada día, vestida de negro y malva, silencia
al mundo cruzando por los giros, letras y *pizzi-
catos* de mil estilos de música distinta. Siempre
con sus auriculares de diadema con los que ais-
larse de los ruidos intrusos pero también de los
más leales para un repertorio de letanías am-
plísimo a pesar de sus pocos años, que la llevan
desde el flamenco al blues más racial y hondo,
o el lamento de una viola da gamba a la electri-

cidad de alto voltaje del *techno* y el *grunge*. Ella detecta por medio de su olfato que la música, ni en su naturaleza íntima ni en sus pentagramas, sabe de calorías, medidas, de *bullying*, ni de ancho ni de largo. La música hace florecer, bailar, crecer, parar y arraigarnos. Nos identifica con las emociones, con las yerbas, con las semillas y los animales que fuimos, que somos y seremos.

Hoy debe de haber sido una jornada dura, tensa en todas las cuerdas. Una de las canciones más repetidas esta tarde y con el volumen al máximo ha sido *Porch*. Un tema que forma parte del disco *Ten* de *Pearl Jam*. Su mensaje reza electricidad por todo el cuerpo con un inicio que grita: «a qué mierda está corriendo este mundo». Mientras oye la música y la rabia de vez en cuando escribe algunas palabras en su libreta a cuadros.

Mis ramas de Ginkgo tiemblan y se sacuden al pensar que con tan solo catorce años ya siente las quemaduras, la velocidad y el desequilibrio de la sociedad actual. Sentirse gorda y fea es el mantra de muchas. El mío tiene que ver con la obsesión de levantar el cemento de las ciudades y reverdecer conciencias y autoestimas.

Los humanos habéis utilizado a lo largo de la historia la memoria de los manjares. El recuerdo de olores de comidas para volver a casa. El alimento como zaguán de entrada a lo que os conmueve. Hornos comunales y gruñidos de tripas junto a la posibilidad de oler en el barrio, al salir por vuestras ventanas abiertas de par en par olores de guisos, salaíllas, estofados, sopas de ajo, bizcochos, jayuyas, comino y matalauva. Recetas y pucheros como útiles para comunicarse y resistir ante el abuso.

Cada hogar un olor a madre y abuela distinto en el que apagar el cansancio y el agobio, y vencer a fuego lento y cucharadas la fría asepsia de tanta comida prefabricada, empaquetada, envasada por el mayor de los vacíos. Y comer lentamente experimentando cada olor, textura y origen. Alimentarnos y no de cualquier cosa. Gastarnos, perdernos, sostenernos y encontrarnos en la familia propia y ajena, entre amigos y otros seres unicelulares.

Una vez más, a partir de mi desnudo de colores y hojas, quiero enviarte el mensaje de que cada uno tenemos que disfrutar de ser únicos y diferentes. Que las tallas y los pesos son formas de encasillar y de hablar de vosotros sin conoceros. Vuelve a mí cada vez que pierdas la cuenta de quién eres. Cuando olvides que cada árbol tiene su sonido en el viento, yo te recordaré que esa es la más hermosa de las tareas a la que tienes que dedicar tus días y noches, a encontrar tu voz y resonancia. Tus poetas y regomeyos.

La tarde ya se acaba. Las campañas de publicidad apagan reclamos y espejismos de neón. Todo comienza a descansar del ruido de las plazuelas, de las terrazas y su aroma a café. Unos estorninos vuelven de la vega buscando el calor en las luces. La noche talla a su manera magnitudes, ideas y proporciones. *Siempreviva* se levanta para volver a casa; parece contenta aun sabiendo vivir en una ciudad endurecida y jadeante pero en la que de vez en cuando aparecen hierbas y flores rompiendo el asfalto y decorando el invierno de los alcorques.

Intuye algo que no puede explicar pero que tiene que ver con la sensación antigua de hambre y cosquilleo en las tripas. Una caricia interior de autoestima, una disposición nueva de dar besos y belleza. De acoger el deseo hacia el propio cuerpo.

Antes de despedirse se para bajo una farola y escribe las últimas frases del día que lee en voz alta y que dicen:

¡Gracias, hoy quiero ser como tú, viejo árbol! La que arde ante la nieve, la que atiende a sus distracciones, la que aguarda dar semillas, la que danza entre las nubes y los pájaros, la que divierte y nutre al paisaje. La que enraíza en zapatos de lluvia llenos de tierra.

«Una jaula salió en busca de un pájaro»

Aforismo n° 16 del libro *Aforismos de Zürau*,
Fran Kafka

La Fea Burguesía
— EDICIONES —

Este libro, *J–Aula*,
se acabó de imprimir
en septiembre de 2025

COLECCIÓN NARRATIVA

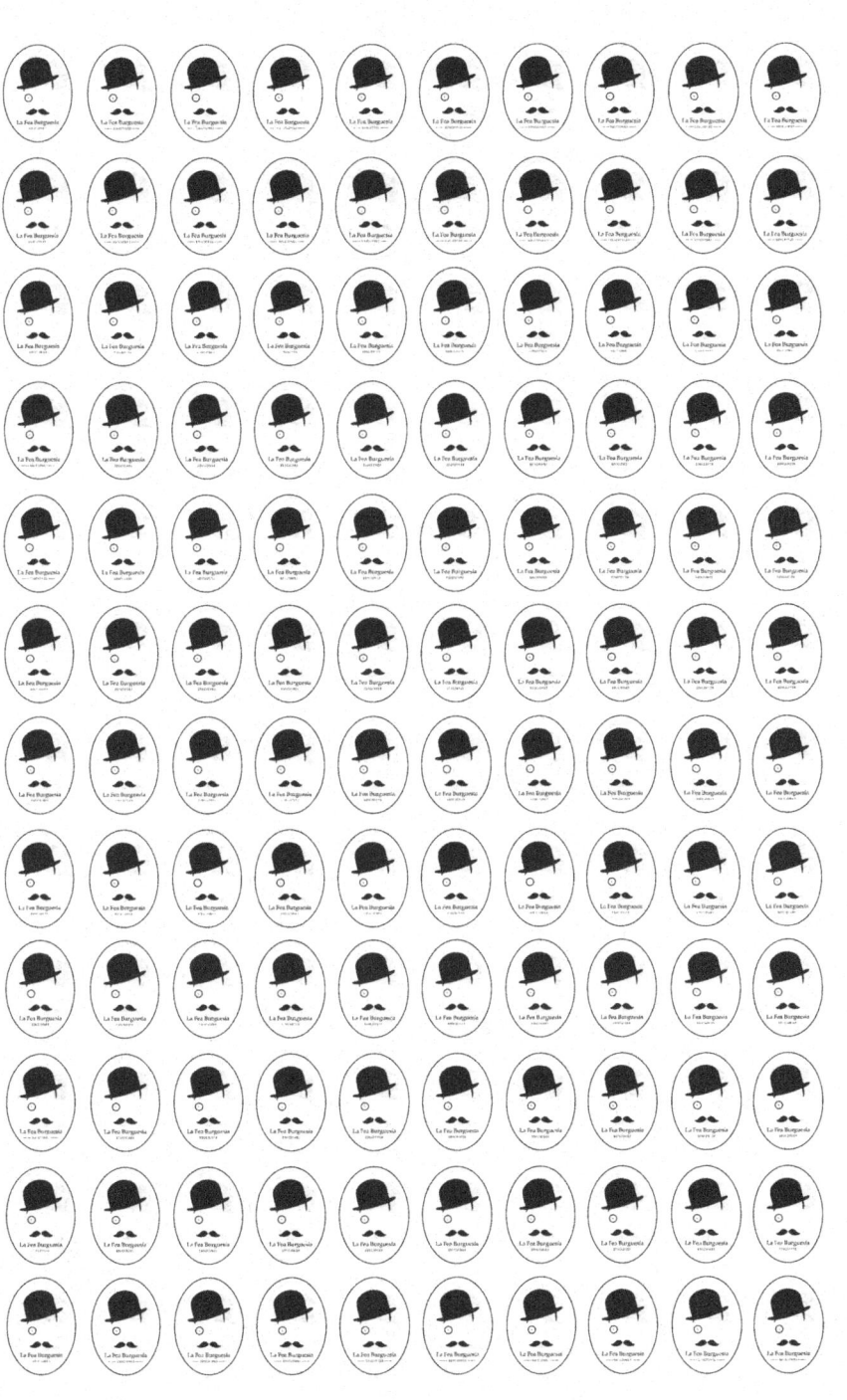

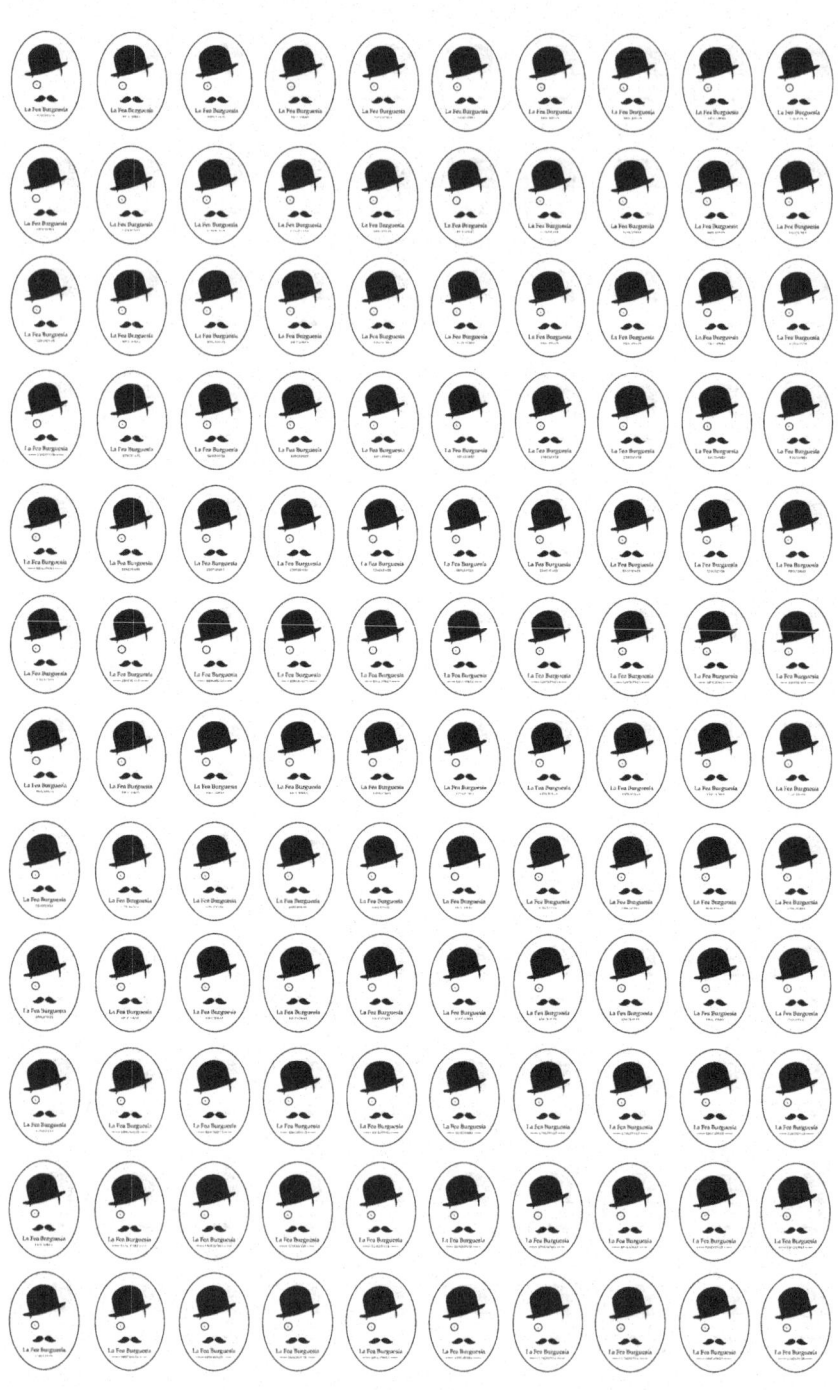